5分シリーズ

5分後に涙のラスト

エブリスタ 編

Hard picked 5 minute short,
Literary gems to move and inspire you

河出書房新社

目次

Contents

エブリスタ × 河出書房新社

［ 5分後に涙のラスト ］

Hard picked 5 minute short,
Literary gems to move and inspire you

不変のディザイア

plamo

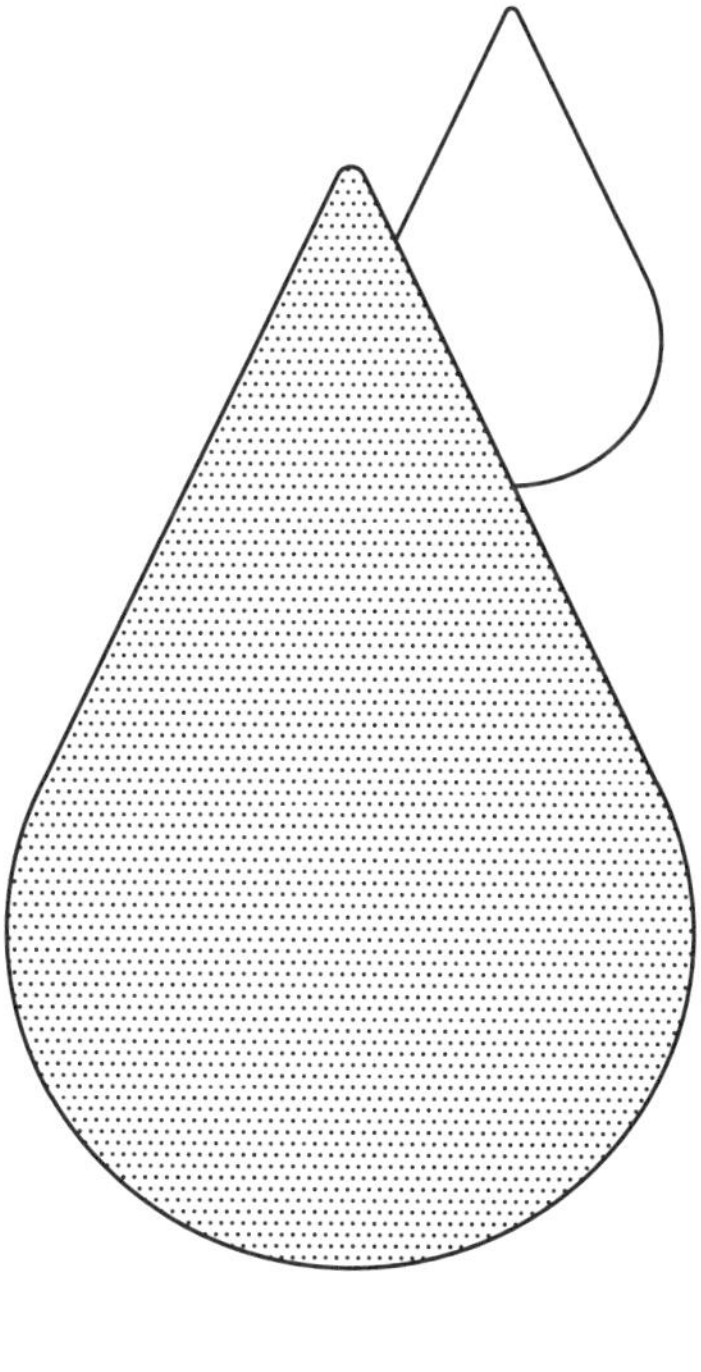

その摩訶《まか》不思議なアプリに従ってメールを送信すると、一年前の自分のスマホにちゃんとメッセージが届いた。オレは歓喜《かんき》に震《ふる》えた。

最初は、何をバカなとオレも思っていた。しかし切羽詰《せっぱつ》まったオレに、神がくれた最後のチャンスと思って、いや、悪魔《あくま》にもすがる気持ちで、そのアプリをダウンロードしたんだ。

「過去アプリ」というらしい。

使用法が書いてあった。

①アプリを起動させましょう。
②メッセージ作成画面が表示されたら、そこで送りたい文章を完成させましょう。
③後は送信ボタンを押《お》すだけで、ピッタリ一年前のこのスマホにメールが届きます。

随分《ずいぶん》簡単だが、妙《みょう》に説得力があった。

説明はさらに続いた。

④送信後の注意

メッセージが一年前の自分の元に届き、それを読んだ場合、現在の自分にも、後から記憶《きおく》が追加されます。

また、過去にメッセージを送ると、内容次第で大なり小なり現在にも影響《えいきょう》が出る場合があります。注意してご使用下さい。


アプリを起動させるとすぐメッセージ作成画面になった。

チープなフォーマットに期待感も恐《おそ》れもなかった。これじゃ試すヤツなどいないだろう。

『オレは一年後のお前だ。未来の話を教える』

なんてメッセージを作成すると、バカなことをしていると、少し気恥《きは》ずかしくなった。

画面をスクロールしていくと、送信アイコンがあったので、まあいいやとそのままタップ送信した。

暫《しばら》くすると、オレの記憶に、昔そんなことがあったという「事実」が付け加わった。

具体的に言うと、当時、まあ一年前なのだろう、変わった内容のメールを受け、それを読んだが、ただの迷惑《めいわく》メールだと思って、気にもとめなかった。

そのメールこそ紛《まぎ》れもない、たった今送った『未来からのメッセージ』なのだ。

オレには、変えたい過去がある。どうしてもやり直したい今があるのだ。

鬼気《きき》迫《せま》る眼差《まなざ》しが、スマホの画面に反射してオレを睨《にら》んでいた。

視線を少し、そこから外すと、床《ゆか》に倒《たお》れた女が目に入る。

その女は動かない。流れ出る血液で、べったりとカーペットを染め抜《ぬ》いて。


『三《み》好遼子《よしりようこ》と結婚《けっこん》してはいけない。別れろ』


「過去アプリ」を通してメッセージを作成し一年前の自分に送信する。

「これでいい、これでいいんだ」

この「過去アプリ」を本物と認識すると、途端《とたん》にオレはその結果に対する、過度な期待と不安に落ち着かなくなった。忌々《いまいま》しい現実を払拭《ふっしょく》すべく、興奮を押し殺し、現状の変化を願った。だが変化はない。今も三好遼子は自分の妻のまま、そこで死んでいる。


それから、思い出した。遼子のことが書いてあった迷惑メールのことを。オレはそれを少し気味悪く思っただけで、メッセージなど信じるわけもなかった。それどころか、オレのアドレスと、遼子との関係を知っている知人の悪戯《いたずら》だろうかと、腹立たしく思ったんだ。

「当たり前だ、こんなメッセージを信じるヤツなどいるものか」

愚痴《ぐち》っぽく、つい声に出してしまった。

「まあ、そりゃそうだな、ハハッ」

オレは、自分の説得に失敗したオレを嘲笑《あざわら》った。


三好遼子は職場の同僚《どうりょう》で、同じプロジェクトチームになってから関わることが多くなった。

共通の目的だけではなく、価値観や人となりも分かってくると、彼女《かのじょ》といる時、居心地の良さを覚えるようになった。次第に、オレの中で三好遼子の存在は、無視できないほど大きくなっていった。

程なくオレは彼女に告白して、それから付き合いが始まったのだ。

「訳の分からんメッセージをうのみにして、恋人《こいびと》と別れる人間なんていてたまるか」

と、誰《だれ》にでもない、自分に言い聞かせるように、一人呟《つぶや》きながらオレはスマホを操作する。

ロトの当選番号のサイト。

一年前の自分が買える当たりナンバーを調べる。

あった。一千万円位の当選番号を教えて、未来からのメッセージだと信じさせる。

まあ金は手切れ金として使ってくれとでも書こうか。

「さあ、過去のオレよ、驚《おどろ》き、そして信じるがいい。この未来からのメッセージを」

オレはまた簡潔な内容のメッセージを作成し、送信ボタンを押した。

また迷惑メールが来た記憶が湧《わ》いた。

あの時は、しつこい、ウザいと苛立《いらだ》ったが、しかしその内容は妙にリアルで不気味にも思ったっけな。

これも後付けの記憶なのだろうか。


高額当選金の番号を教えてから三日が経《た》った。

オレにロト当選の記憶などなかった、失敗したのだろうか。

もう一度当たり番号を教えようかと思っていた矢先、突然《とつぜん》、思い出したように記憶が現れた。


そ、そうだ、あの時は信じられなかったが、オレはあのメッセージの通りロトくじを買って千二百万円の当選金を手にしたのだった。

大掛《おおが》かりな嘘《うそ》かと思った、でもあのメールは、本当に未来からのメッセージなのだと信じざるを得なかった。巨額《きょがく》の銀行預金が、これは現実なのだ、と突きつけてきた。

「ハハハッやった、これで信じたろう」

過去のオレに対して、してやったりとオレは笑った。

その後、高額当選金を手にしたオレは未来からのメッセージに従った。その言葉を流石《さすが》に信じることにしたのだ。三好遼子との仲を清算するべく、その金を手切れ金に別れを迫った。

だが、三好遼子は承諾《しょうだく》しなかった、そんな金は要《い》らないと言ったのだ。

正直驚いた。ただの恋仲の清算に一千万円を受け取らないだなんて信じられなかった。

彼女は、もし本当に別れたいなら、私が嫌《きら》いになったのなら、そう言ってくれれば黙《だま》って消えると、静かに泣きながら言った。オレは唖然《あぜん》とした。

阿《おもね》るように、高額な手切れ金まで用意して、突然別れてくれなどと言い出しても、訳が分からない、信じられない、承諾できないと。一千万円よりオレを選んだのだ。

懸念《けねん》はあった。遼子のオレに対する執着《しゅうちゃく》は強い。時折異常とも思える程一途だったが、オレは遼子を抱《だ》きしめた。遼子のオレへの愛を強く感じたのだ。金よりオレを選ぶ、何物にも代えられない愛情を。オレも遼子を愛した。ここまでオレを愛してくれる女性は他にいなかったから。

「何やってんだオレは」

オレは過去の自分に対して腹が立った。

そして後悔《こうかい》。あの時は情にほだされて別れることができなかった。むしろ愛が深まったと言える、しかし、泣かれても、嫌《いや》がられても、別れるべきだった。

「……どうするか、時間はもう、あまりない」

実に厄介《やっかい》だ。過去なんかすぐ変えられると思っていたのだが。スマホから視線を外し天井《てんじょう》を見上げ思考を巡《めぐ》らす。

首を吊《つ》り自ら命を絶った遼子が揺《ゆ》れていた。

また一日経過した。

その後オレと遼子の仲はみるみる進展し、当選金は結婚資金と新居にあてることになった、今更沸々《いまさらふつふつ》と現れる記憶にオレは焦《あせ》りだした。

「早くしないと時間切れになる」

代わり映えのしない結末と過去のオレに苛立ちを覚え歯軋《はぎし》りをする。どうするか、どうすれば二人を別れさせることができるのか。仕方なくオレは、遼子と別れなければ不幸になる、オレを信じろ、と脅《おど》しともとれるメッセージを送った。

また一日経過してオレに記憶が現れた。

当時のオレは、未来からのメッセージを読んでそれを信じても、従うことはせず遼子と別れたりしなかった。

遼子を愛し、どんな不幸も二人一緒《いっしょ》なら乗り越《こ》えていけると思ったのだ。

「それじゃダメなんだ……」

深く溜《た》め息をつき、スマホを見つめる。憔悴《しょうすい》しきったオレの顔が映っていた。

傍《かたわ》らには蒼白《そうはく》な顔の遼子と、睡眠薬《すいみんやく》の空箱が多数。

仕方がない、オレは事実を伝えることにした。

心が痛かった。

あの宣告を、よもやオレが自分に言うことになるとは。不憫《ふびん》に思った。

『オレはもうじき死ぬ。病院に行き診察《しんさつ》を受けろ』

これで全て分かるだろう。震える指で送信ボタンに触《ふ》れた。


病室のベッドで横になり、胸の位置でスマホを見ながら回顧《かいこ》する。

オレはまるで物語を読むように、自分の記憶をまさぐる。

殺風景なこの部屋を訪れた者は誰もいない、遼子は一度も見舞《みま》いに来ることなく先に逝《い》った。オレはただ死を待つためにこの病室にいる。


二日経った後、不意に思い出した。

そうだ、あの未来からのメッセージを読んだ時は、信じる以前に腹が立ったっけな。信じたくなかったんだ。でもだんだん怖《こわ》くなり、いても立ってもいられなくなって病院に行ったんだ。

そして医者から末期癌《がん》の宣告を受けた時は本当に目の前が真っ暗になったな。

余命一年、これから遼子を幸せにすると決意した矢先、奈落《ならく》の底に落とされた気分だった。

これでは遼子を不幸にすることしかできない。

こんな未来のない男の巻き添《ぞ》えで人生を棒に振《ふ》る必要はないんだ、遼子を思えばこそ身を引くべきだったのだ。

また思い出した。

事実を知ったオレは、少し自暴自棄《じぼうじき》になり、遼子にも辛《つら》く当たった。遼子と一緒にいるとオレが辛かったのだ。遼子を幸せにすることができない、ずっと傍《そば》にいてやることが叶《かな》わない、そんな些細《ささい》な幸せすら果たせないと、深刻に悩《なや》んだ。やがて塞《ふさ》ぎこむことも多くなり、自然と遼子とは疎遠《そえん》になっていった。

「これでいいんだ」

決して変わらない未来がある、どうしても変えたい現実がある、それはオレと遼子の死だ。彼女は何をやっても自殺してしまう。オレの病を受け入れられずに、無理心中を試みたり、耐《た》えられず一人先に逝ったり。

今もまた思い出してしまった、深紅の湯船に沈《しず》んだ遼子の姿を。

遼子をオレの死の巻き添えにするくらいなら、己の運命を呪《のろ》い。孤独《こどく》に死んでゆくほうがまだましだ。遼子を愛しているならば、できる筈《はず》だ。

『遼子から離《はな》れて治療《ちりょう》に専念しろ』

かすかな希望にすがり、また過去の自分にメッセージを送った。

ベッドから頭をもたげて窓の外を見ると、人が落ちてゆく幻影《げんえい》を見た。

激しく動揺する自分に言い聞かせる。

「ち、違《ちが》う、遼子じゃない。遼子はもう死んだのだ」

変わらない最悪な結末を終わらせるのは、オレの死だけなのだろうか。

オレはもう嫌気が差してきた。何をやっても遼子の悲惨《ひさん》な死は覆《くつがえ》らないのだろうか。

三日が経過して、やっと新たな記憶が付け加わった。

長期休暇《きゅうか》をとり、延命治療を受け始めた時だ。

遼子がオレの家を訪ねてきて、今からここで一緒に住むと言った。彼女は手荷物一つ持って実家から家出してきたのだ。

オレは正直嬉《うれ》しかった。どれ程自分が寂《さび》しかったかその時に知った。自然に涙《なみだ》がこみ上げてきた。しかしその感情を押し殺し、帰れと遼子に怒鳴《どな》った。でも彼女は動じず、テコでもこの場所を動かない、と決意を目で訴《うった》えていた。

しつこく離別を求めるオレに遼子は何も言わず、ただ献身的《けんしんてき》に尽《つ》くしてくれた。彼女はオレの体のことを知っていたんだ。オレの態度の豹変《ひょうへん》を疑問に思い、自らオレの病気を調べ上げたのだ。

そして、にっこり笑ってこう言ったんだ。

「大丈夫《だいじょうぶ》、私も一緒に死にます」

「だ、ダメだ」

オレは慌《あわ》てて「過去アプリ」でメッセージを作成した。

『遼子を受け入れるな。彼女が自殺してしまう』

対策もアドバイスもないまま、送信ボタンを押した。

オレの知っている、遼子の死に方はこうだった、半狂乱《きょうらん》になって外に飛び出しトラックに轢《ひ》かれて死んだ。

落胆《らくたん》してスマホを見つめた。


すぐに記憶が現れた。

未来からのメッセージを読んだオレは、事の重大さを感じた。もはや感情を押し殺すことができなくなり、遼子を説得する自信もないまま、オレは自身の体のことと、今までの経緯《けいい》を洗いざらい彼女に話して、そのあと、遼子を抱きしめたんだ。

「もうこれしか手がない」

一年前のオレは分かってくれると願いながら、オレはメッセージを書き綴《つづ》った。

送信ボタンを押し、改めてそれを見返すと、送り先が自分だと分かっていても、余りに悲惨な内容で、オレは自分を哀《あわ》れんだ。

『誰にも知られず、ひっそりと死んでくれ』


しばらくして記憶が現れた。

運命を呪うわけでもなく、何かに当たり散らすこともなく、ただ、不変の愛が痛かった。

遼子が一人買い物に出かけた隙《すき》をついて、とっさにオレは家を飛び出した。

それが唯一《ゆいいつ》の解決法だと理解したんだ。

オレはスマホを前に、もはやヤツに対して何も言葉をかけてやれない自分を呪った。

そしてまた一日が経った時、思い出したように記憶が現れた。

一年前のオレは着のみ着のまま家を飛び出すと、樹海《じゅかい》を目指して電車に乗った。ロングコートの中はパジャマだったし、所持金も少ない、髪《かみ》の毛もボサボサで、やつれた顔をして、誰が見ても少しおかしいと思うはずだ。だが声をかける者など誰一人としていなかった、次第に乗客もまばらになり、電車を降りると、オレは本当に独りぼっちになった。

辛くて、悲しくて、そして怖かった。

世界で一番大切な女性の幸せは、オレと一緒に人生を歩むこと。

だけどオレにはそれができる、未来がない。

三好遼子はオレを愛している。オレが死んだら必ず後を追うだろう。不幸になると分かっている男に執着し続けるなんて、それ自体が不幸の極みだ。

断ち切らねばならない、不幸の原因は消えなくてはならない。そうだ、死の事実を隠《かく》し、遼子の前から消えるのだ。オレがしてやれることはもうこれだけなんだ。

オレは泣いた。涙が止まらなかった。

一年前のオレと今のオレの決断を、誰が許すと言ってくれるだろうか。

多分過去のオレが死んだ途端に、今のオレも消えてなくなるだろう。それは構わなかった。もう時間切れ、明日も生きていられるか分からないほどオレの病状は悪化している。でも遼子はどうなるのだろうか。今のオレには未来はおろか、過去すらもうなくなってしまった。

独りぼっちの病室のベッドで頭をもたげて窓の外を見ると、鮮《あざ》やかな青空を鳥が飛んでいた。

オレは溜め息をついた。

ガラス窓で隔《へだ》たった外界と病室とでは、あまりにも世界が違う。どちらかが幻想ならばまだ救いがあるのに。

哀れなオレよ。

オレには未来がない。誰も救いの手を差しのべてくれる者はいない。

だが、一年前の自分よ、お前にはまだオレがいる。

奇妙《きみょう》な感覚だった。オレは一年前のオレを、不思議なことに客観的に見ていた。別人のように感じてしまった。まるで、人助けをするような気持ちが込《こ》み上げて、救ってやりたくなってしまった。

そうだ、オレだけがお前を助けることができる。震える指で、ゆっくりとスマホを操作する。

多分これが最後の、未来からのメッセージになるだろう。

オレのほうが限界なのだ。もうその時が来てしまったようだ。

『お前にはまだ一年未来がある。あと少し生きろ。遼子と共に精一杯《せいいっぱい》生きろ』

もし何をやっても遼子の想《おも》いが変わらないのなら、逆らわずに、受け入れてやるほうが良いのかも知れない。そう思ったが、オレのほうがもう時間切れだ。

送信ボタンを押した瞬間《しゅんかん》、過去の映像が脳裏に現れた。

翌日自らの足で自宅に帰りつくと、遼子が待っていてくれた。一睡もしていないのだろう、泣き腫《は》らした目をしていた。

自殺未遂《みすい》と悟《さと》った遼子は、半狂乱に泣きながらオレを叱《しか》った。オレがいなくなったら、後を追うとも言った。

オレは遼子に、もう死ぬ気はないことを伝えて、一緒に精一杯生きると誓《ちか》ったんだ。

未来を二人で。

オレは開き直って残りの人生を歩むことにした。残された時間は一緒だったが気が随分と楽になったように思う。

しばらく経って、遼子が言った。

嬉しそうに、自分のおなかにオレの手を当てて、赤ちゃんを授かったと。

オレは驚いた。それは大きな衝撃《しょうげき》だった。

最初は戸《と》惑《まど》ったものの、遼子はとても喜んでいた。あんなに幸せそうな顔を見たのは初めてだったから、オレも、嬉しかった。


朦朧《もうろう》とする意識の中で、様々な記憶が溢《あふ》れ出す。

どれも遼子との思い出だ。

近所のコンビニに行った。有名ラーメン屋に並んだ。北国に大雪を見に行った。桜の木の下で寝《ね》そべった。富士山を一周した。二人で、ゆく夏を惜《お》しんだ。

幸せを感じた、今この瞬間も、オレは充分《じゅうぶん》幸せな人生を送れた。


そしてオレの妻、遼子は今、分娩《ぶんべん》室にいる。

願わくは、息子の顔を一目見たかったが、残念ながらそれは叶いそうにない。

現実は変わった、遼子もオレも幸せに過ごせた、だが未来は分からない。それは当たり前のことなのだが。

心残りは、やはりある。


最期の時が来た。

とてつもなく眠くなってきて、どうしても抗《あらが》うことができずに目を閉じかけたその時、メールの着信を知らせるメロディがスマホから鳴り出した。

最後の力を振り絞《しぼ》り、オレはメールを確認した。

驚いた。

それは一年後のオレからの『未来からのメッセージ』だった。

オレは夢でも見ているのだろうか、いや、死ぬ寸前の奇跡《きせき》か妄想《もうそう》か、どちらでも構わなかった。

メールには画像が添付してあった。幸せそうに微笑《ほほえ》む女性、紛れもなく遼子だった。その腕《うで》には男の子を抱いて。

嬉しかった。この子が未来を作ってくれたんだ。

『私は大丈夫、幸せです』

それを読んで、オレは、静かに目を閉じた。

［ 5分後に涙のラスト ］

Hand picked 5 minute short,
Literary gems to move and inspire you

無《む》為《い》の鐘《かね》

関井薫

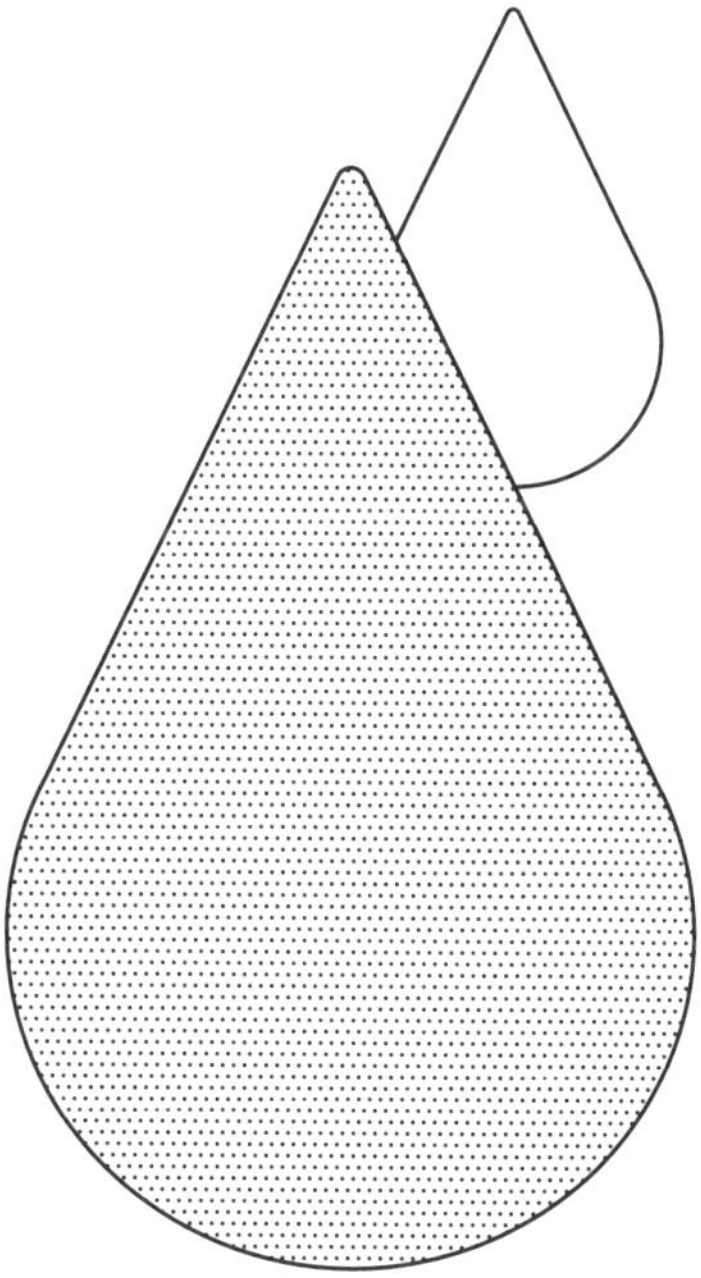

鐘が鳴っている。

中空を揺《ゆ》らすようだ。耳に心地好《ここちよ》い。

けれど、どうしようもなく切ない。

水を混ぜたように、薄《うす》まって滲《にじ》んでいくあの頃《ころ》の記憶《きおく》。その中に佇《たたず》む彼女《かのじょ》。

触《ふ》れたくなるほどに、鮮《あざ》やかに蘇《よみがえ》る。

高く、緩《ゆる》やかに響《ひび》く鐘の音を感じる。僕《ぼく》の鼓動《こどう》は、異様に高鳴っていった。


——そうか、今日も……。


沈《しず》みかけた陽《ひ》が、屋上の一部を照らしている。

目の前の、冷たい手摺《てす》りを摑《つか》んだ。素早く深呼吸する。

白衣のポケットからＰＨＳを取り出すと、ほぼ同時にコールが鳴り、振動《しんどう》が手に伝わった。

「はい、冴木《さえき》」

「先生、急変です。五〇三の早川《はやかわ》さん、バイタル低下してます」

看護師の冷静かつ、緊迫《きんぱく》した声が耳に飛び込《こ》んできた。その時すでに、僕の脚《あし》は向かうべき一歩を繰《く》り出していて。

グッとPHSを握《にぎ》りしめ、指示を出す。

屋上の重い扉《とびら》を、力任せに引き開けた。


今日も、僕は抗《あらが》う。

そのために医者になった。

あの日から、この想《おも》いは変わらない。

寄り添《そ》うように、香澄《かすみ》と過ごしたあの頃。

僕はとても、臆病《おくびょう》だった——。

医者になんか、絶対なるもんか。

中学生の頃、僕はそう思っていた。

父は産婦人科医だ。僕のクラスメイトも、半数以上父が取り上げた。地域に根付く、古い病院の院長。それが父。

二人の兄も医者だ。父と同じく産婦人科医であり、長男の渉《わたる》。そして小児科医の誠《まこと》。

兄さん達《たち》は、父の片腕《かたうで》となって病院を支えている。二人が経営に加わってから、病院は大きく変わった。小児医療《いりょう》を積極的に取り入れ、機器を導入。来院数は毎年増加している。

出来の良い兄貴達だ。

「歩《あゆむ》くんはやっぱり産婦人科医になるのかしら、それとも小児科医？」

そう聞いてくる人は、大抵《たいてい》決まっている。冴木病院でお産をしたおばさん達だ。僕の顔を見るたび口にする。医者になることが、当然かのように。

そんな時、僕はいつもこう言う。

「なればいいですけど、頑張《がんば》ります」

曖昧《あいまい》に笑う。できる限り丁寧《ていねい》にお辞儀《じぎ》する。

足早に去る僕の後ろで、声が聞こえる。

「本当に礼儀正しい子だわ。きっと冴木先生も、将来が楽しみでしょうね」


そんなことない。父は僕に期待していない。


テストで百点を取っても、持久走で一番になっても。

父はいつも、どこか遠くを見ている。その視線の先には、病院があるのだと思う。

兄達はそれがわかっていた。そしてあっという間に、その輪へ入っていく。

渉兄さんが、医師免許《めんきょ》を取った時も。誠兄さんが、小児医療に尽力《じんりょく》した時も。

父はとても誇《ほこ》らしげで。

「よくやった」そんな顔をしていた。

でも、僕には。僕にはいつも。

「好きなことをやりなさい」そんな言葉がかけられる。

なんだよそれ、と思う。だから絶対に――医者になんかなるもんか。


「お母さんがね。歩くんのお父さんの病院、行ってきたんだって」

学校帰り。香澄が路面を傘《かさ》でつつく。雨上がりの湿《しめ》った道が、雨水を跳《は》ね返した。

「え、それって……」

「そう、赤ちゃんできたみたい！」

顔を上げた香澄は、はにかんだ笑顔を向けた。瞬間《しゅんかん》、ドキッとした。

香澄は同じ中学のクラスメイトだ。そして多分、僕の彼女。

お互《たが》いに告白をしたけれど、まだキスをしたことがない。手を繋《つな》いだことすらない。だから、『多分』だ。

彼女の笑顔を見ると、僕はいつもよこしまな考えが浮《う》かぶ。薄くて小さい、花びらみたいな唇《くちびる》を見る。艶《つや》のあるリップクリームが塗《ぬ》ってあった。

——柔《やわ》らかいのかな。

そんなことばかり考えてる。受験生だというのに。

不純な思考を振り払《はら》うように、鞄《かばん》を肩《かた》にかけ直した。

ずしりと重い、参考書だらけの鞄。

医大に入るのに、優位な高校。その受験に必要な物だ。

僕にとっては——無意味な重量。

「お母さん、四十歳《さい》くらいだっけ？　高齢《こうれい》出産ってやつ？」

「うん。でも最近は普通《ふつう》だ、って冴木先生に言われたって」

へえ、と相槌《あいづち》をうつ。自信に満ちた、父の顔が浮かんだ。

「お姉ちゃん」

香澄が呟《つぶや》く。そして僕を見た。

「お姉ちゃん……になるんだよね、私」

目の奥《おく》に輝《かがや》きを含《ふく》んだ、柔らかい眼差《まなざ》しだった。


香澄は一人っ子だ。両親は共働きで、夕食はいつも一人だと言っていた。僕も一人だ。母が雇《やと》った家政婦さんは、カウントしないでおく。そうなると、僕は一人。

母は華《はな》やかな服装で、夜ごと出かけていく。父も兄も、ほとんど帰ってこない。大人は何かと忙《いそが》しいらしい。

だからたまに、彼女は僕の家で夕飯を食べる。寂《さび》しいわけじゃない。でも誰《だれ》かと食べるご飯のほうが、味がするのは確かだった。

「弟と妹だったら、弟がいいなあ」

香澄が跳ねるような足取りで前に出た。そしてふふふ、と息を漏《も》らす。

「歩くんみたいな、素直じゃない男の子」

いたずらっ子のような、楽しそうな瞳《ひとみ》が僕を見つめた。

「僕は素直だよ」

強がった。本当は、自覚してるんだ。僕は素直じゃない。

「ふーん、そうなんだ」

お見通しよ、と言いたげに、薄赤く染まった口が弓を描《えが》く。唇に視線が奪《うば》われた。

「じゃあ今思ってること、素直に言ってみてよ」

「思ってることって……おめでとう?」

「もうっ、そうじゃなくて!」

近づいてきた彼女が、僕の前を陣《じん》取った。くい、と袖《そで》をひっぱる。そして下から僕を見つめた。少し、頬《ほほ》が赤い。


——あっ……。


彼女の意図を察した瞬間、喉《のど》から変な音が出た。じわじわと汗《あせ》が噴《ふ》き出る。

香澄が一歩前に出る。

そして――上向きの睫《まつげ》が、ゆっくりと伏《ふ》せられた。

この瞬間を、何度もイメージしてたんだ。首を下げて、彼女の唇へと向かえばいい。

けれど想像と違《ちが》って、彼女の唇は随分《ずいぶん》下の位置にあった。僕は焦《あせ》る。膝《ひざ》を曲げた。すごく、不格好だ。滑《なめ》らかに近づいていくはずの頭は、かくかくとした動きをしている。

恥《は》ずかしくて、死にそうだった。

「先生、Vf（心室細動）です！」

病室に到着《とうちゃく》すると、看護師が患者《かんじゃ》に馬乗りになっていた。

毎分百回のリズムで、一心不乱に胸骨を圧迫している。めちゃくちゃにかき乱された波形。それを、心電図モニターが映し出す。

「代わります！　すぐにDC準備！　どれくらい経《た》った？」

「二分です！　ＤＣ要請《ようせい》してます」

先程までの鐘の残響《ざんきょう》。その音が、頭にこだましていた。

鳴るな、鳴るな、鳴るな。

かき消すように、心臓マッサージの手に意識を集中させる。

患者――早川さんは、まだ三十八歳だ。先日念願の子供が生まれた。そう僕の前で嬉《うれ》しそうに語っていた。

――先生も早く結婚《けっこん》したほうがいいぜ！　子供はほら……なんていうか本当に、祝福そのものだよ。

「ＤＣ来ます！」

ガラガラと慌《あわ》ただしく除細動器（ＤＣ）が運ばれてくる。次々と手際よく準備をする看護師にさえ、早くしろと苛立《いらだ》つ。

「準備できました」の声と同時にベッドから飛び降りた。

看護師がすぐに、コードに繋がれたパッドを取り付ける。僕は心臓マッサージを続ける。

右隣《みぎどなり》には、アンビューバッグから酸素を送り込む看護師。僕の刻むリズムを数えている。

「二百でいきます！　充電《じゅうでん》して！」

「充電完了《かんりょう》しました！　離《はな》れてください！」

――ドンッ！

という音と共に、一瞬患者の身体《からだ》が浮いた。

ものすごい衝撃《しょうげき》。それが、心臓に伝わったのがわかる。

けれど脈は触れない。心の中で舌打ちをした。じんわりと背中に汗が滲む。

「Vf持続です」看護師が言う。すぐに心臓マッサージを再開する。

「三百だ‼　充電しろ！」

僕の怒鳴《どな》り声が、病室に響いた。

「まだ怒ってる？」

夕飯を食べに来た香澄に、僕は恐《おそ》る恐る話しかけた。

「何が?」

香澄が箸《はし》を止めずに、そう答える。

「いや、だから……帰りに僕が……」

——キスできなかったこと。

言いかけて、口ごもった。


結局、臆病な僕はチャンスを棒に振ったのだ。

彼女の肩をグッと押《お》して、「帰ろう」と促《うなが》した。最悪だ。

きっと彼女も怒ってる。そう思っていたのだけど、意外なことに彼女は笑った。

堪《こら》えされない、というように吹《ふ》き出した。

「なっ、なんだよ……」

「だって……歩くんってば……ぷ、くく……」

ムッとした。香澄はなおも肩を震《ふる》わせている。

でも、目に涙《なみだ》を浮かべて笑いを堪えようとする彼女を見て、なんだか可笑《おか》しくなってきて。僕も笑った。

それを見て、彼女は弾《はじ》けたように笑いだした。

カニクリームコロッケ、千切りキャベツ、味《み》噌《そ》汁《しる》に漬物《つけもの》、なぜかボイルしただけのウインナー。お手伝いさんが作った料理が、食卓《しょくたく》に並んでいる。

その前で、テーブルを挟《はさ》んで。

僕達二人は、大きな声で笑った。

「怒ってないよ、ちょっと……恥ずかしかったけど」

香澄が赤らめた頬《ほほ》を、ぷくっと膨《ふく》らませた。

ごめん、と言うと、頭を左右にふるふると揺らす。

「いいの。あっ！　そうだ、歩くんの部屋でアレ見ようよ！」

「えー、また？」

香澄が言う『アレ』は「世界名作劇場」のことだ。その中でも特に、「フランダースの犬」が好きなのだと言う。

何回も見させられた僕は、呆《あき》れた視線を投げかけた。

「最後が好きなのっ。ネロが天に昇《のぼ》るところ。天使達に祝福されて、凄《すご》くあったかいでしょ」

正直、またかよ、と思った。でも今日は、香澄に従ったほうがいい気がして、僕は渋々《しぶしぶ》頷《うなず》いた。

やったー、と香澄が目を輝かせる。幼い子供みたいだ。

「人が死ぬ話って、好きじゃないんだよな」

僕の部屋で、デッキにディスクを入れる香澄。その背中に向かって呟《つぶや》いた。

「死ぬことに祝福なんてないと思うけど」

心臓が止まって、脈も呼吸もしなくなる。あり得ないほど身体が硬《かた》くなって、冷たくなる。それが死ぬってこと。そんな認識が、僕にはあった。

そう言うと香澄は「出たっ！　医者の息子」と怪訝《けげん》な顔で僕を見る。

「父さんは産婦人科医だよ、生まれるほう」

「でも、死んじゃう赤ちゃんも……いるでしょう?」

――ああ、そっか。そうだよな。

単純に、そう思った。

産婦人科医と聞くだけで、生まれてくる命を想像していたけれど。父も、兄達も、死に関わってるんだ。そんな当たり前なことに驚《おどろ》く。

「悲しいけど、せめてそこに物語があったっていいじゃない。温かくなるような、そんな……あ、始まった」

鐘の音色が響いて、陽気なオープニング曲が流れると、香澄は真面目な顔をしてテレビにかじりついた。


いつも通りだったんだ。

エンディングが流れて、香澄は涙目で洟《はな》をすすって。僕はあくびして。

そんな僕を、香澄が横目で睨《にら》む。何もわかってない、そういう顔で。

テレビを消すと、急にシンとした。いつもの僕の部屋になる。だから僕は名残惜《お》しくて、国語教師の山本が今日も嫌《いや》な奴《やつ》だったとか、明日《あした》も暑くなりそうだとか、そんな意味のないことを話す。

でも香澄は切り出す。

「そろそろ、帰るね」

引き留め方なんてわからない。だってそうだろ。僕はキスも……キスすらできない、臆病者だから。

表通りまで送る。そしてそこで、彼女は言う。

「また、明日」

胸の前で、小さく手を振って。何か言いたげな瞳で僕を見る。

いつも通りだった。

けれど、この日。この瞬間。

僕は一瞬、息が止まった。急激に身体の中心が冷たくなった。

鐘が——鳴ったんだ。
それは、息をのむほどに圧倒的《あっとうてき》で。
祝福。
安らぎ。
——恐怖《きょうふ》。
そう、恐怖だった。僕はたまらず、叫《さけ》んだ。

「香澄っ——」

小学生の時、近所の金物屋でその音を聞いた。
全然客がいないのに、なぜか潰《つぶ》れない。そんな店だった。

調理器具から、洗濯《せんたく》用品、工具に農具とありとあらゆるものが置いてある。変なオモチャが三十円で売られていたりもする。僕はそこが魔法《まほう》の店のような気がして、よく遊びに行っていた。

熊《くま》みたいで怖かった無精《ぶしよう》ひげのおじさんも、慣れてしまえばいい人で、ニッというような顔で笑うんだ。その笑顔を見て、僕は一瞬で大好きになった。

そういえば、この響音を聞いたことがある。

そう思った時、ふと蘇ってきたのは病室だった。そうだ、祖母の病室だ。

なんとなく記憶に残っているのは、薬品と、サーモンのようなお年寄り独特の匂《にお》い。白いシーツ。柵《さく》のついたベッド。

揺さぶる、鐘の音。あの時、僕は確かに聞いた。

その後、祖母は――。

僕が金物屋でそれを聞いた次の日。父と母が、全身真っ黒な服を着て出かけていった。

おじさんの、通夜だった。

今回で三回目だ。

そして今、目の前にいるのは――。


「なぁに？　あっ！　今更《いまさら》キスしたいって言っても、もう遅《おそ》いんだからねっ」

香澄が無邪気《むじゃき》に、くるりと回る。スカートの裾《すそ》がふわりと浮いた。

「あ……そうじゃない、そうじゃなくて……」

言葉が出てこない。いや、まさかな――そう思った。

きっと睡眠《すいみん》不足とか、ストレスなんかで幻聴《げんちょう》が聞こえたのだ。僕は受験生だから、あり得ないわけじゃない。

昔聞いたような気がするだけ。デジャブのような何か。きっとそうだ。

つらつらと脳内で独りごちる。

そう考えると、少しずつ呼吸が楽になった。

香澄は呆れた顔で、僕を覗《のぞ》き込んだ。そして息を吐《は》いて呟く。

「もう、素直じゃないんだから」

丸みのある、穏《おだ》やかな口調だった。

少しハスキーな、鼻にかかった声。

僕の好きな声。

「じゃあ、もう行っちゃうからね。バイバイ、また明日っ」

彼女の声を聞いたのは、この日が最後だ。
香澄は――この日、死んだ。

モニターに映し出されるのは、乱れた波形。先程より、その振れ幅《はば》を縮めている。

少しずつ、諦《あきら》めていくかのようだ。

「……アドレナリン入れて!!」

薬剤投与《やくざいとうよ》の指示に、素早く看護師が動く。

時間が刻々と過ぎていく。酷《ひど》く痙攣《けいれん》した心臓。諦めるな、そう言い聞かすように圧迫を続けた。この痙攣すら止まってしまったら、除細動も意味をなさない。


医者になってから、何回も鐘の音を聞いてきた。

僕が関わる患者が死ぬ時はいつも、無情にも鳴り響く。

それはまるで、祝福するかのように。高らかに。


——天使達に——祝福されて——。

香澄の言った、言葉が浮かんだ。


「早川さん‼　わかりますか‼」

届くように、僕は叫んだ。

「早川さん‼　……早川さん‼　子供が、生まれたんだろっ‼」

この鐘の音が、どうして僕だけに聞こえるのか。

なぜそれは、温かく包むような響きなのか。

僕には何一つわからない。

でもこれは、祝福なんかじゃないのだと。諦めない。諦めたくない。

スタッフにうっすらと諦めの色が出始める。

「もう一度やるぞ‼」

僕の言葉に、看護師が慌てて充電ボタンを押した。

「流します。離れてください！」

彼の身体が浮いて。僕の額から汗が落ちる。

食い入るように、モニターを見つめた。


香澄がいなくなって、食卓は静かになった。

母は夜出かけなくなったし、父も合間を縫《ぬ》っては帰ってくるようになった。

でも、静かだった。食事の音がかちゃかちゃかちゃと響く。なぜか罪悪感だけが、すとんと胃に残った。

僕は受験をやめた。学校にも行かなくなった。一日のほとんどを部屋で過ごした。カーテンも開けずに、電気も点《つ》けずに。テレビの青い光だけが瞳に飛び込んでくる。そんな僕に、両親は何も言わなかった。小さな町だから、きっと近所にも何かと言われているだろう。それでも両親は何も言わずに、僕が唯一《ゆいいつ》部屋から出てくる夕食を共にした。


どれくらいそうしていただろう。時間感覚もなくなった僕に、ある日父が言った。

「なあ、歩。父さんも……お前の気持ちはわかる」

普段話さない父が喋《しゃべ》ったことに、一瞬動揺した。けれど次の瞬間、僕の心は濁《にご》っていく。

冗談《じょうだん》だろ、そう思った。この人が僕の想いをわかってくれたことなど、ただの一度もない。母がチラリとこちらを窺《うかが》う。僕は無言で箸を進めた。

「赤ん坊《ぼう》に、会ってみないか。香澄ちゃんの弟だ」

箸が止まった。いや、僕は固まった。動けなかった。

白然と父を見つめていた。何を考えているのかわからない、真面目な顔をした父がそこにいた。

「香澄の……」

「ああ、弟だよ」

おとうと。頭の中で読み上げた。

——弟がいいなあ。歩くんみたいな、素直じゃない男の子。

久しぶりに、香澄の声が聞こえた。

窓から見えるハンテンボクが、申し訳なさそうに黄色い葉を落とす。街路樹の前に、丸みのある赤い車が止まった。

僕はその車を、食い入るように見つめる。

後部座席のドアが開かれる。ここから見える豆粒《まめつぶ》ほどのその顔は、どこか機嫌が良さそうで安心した。

香澄の弟。生まれてからまだ二ヶ月ほどの小さな身体は、おばさんの腕にすっぽりと収まっていた。

「歩くん、一寿《かずとし》って言うの。抱《だ》いてあげてくれる?」

一寿。心の中で復唱しながら見つめた。

人形みたいな、小さな手。足。柔らかそうな頬《ほほ》。すやすやと気持ちよさそうに眠る顔は、香澄に似ている気がする。

抱っこの仕方もわからなくて立ちすくむ僕に、おばさんは、

「こうして丸を作るみたいにして……そう、上手。そのままでいてね」

と言うと、一寿をゆっくりと僕の腕に乗せた。

曲げた腕に、少し汗をかいた頭が乗せられる。凄く軽いはずなのに、不思議とズシリと重みを感じた。

おしりに手を添え包むように抱くと、今まで感じたことのない想いが湧《わ》き上がった。

急に、涙が出てきた。

この子は僕みたいに、素直じゃない奴になんてならないよ。きっと香澄によく似てる。温かくて、優しくて……。

「おばさん、香澄はなんで今いないんだろう……だって……あんなに楽しみに……」

声が震えて、詰《つ》まった。

なんで、鐘は鳴ったんだ。なんで僕はあの時、香澄を引き留めなかったんだ。

言葉にできない想いが、やっと溢《あふ》れ出して。

言葉の代わりに、ぼろぼろ涙が落ちた。

「そうね……そうね……」

おばさんも泣いていた。一寿を抱きながら震える僕をさすって、泣いていた。

一寿は不服そうに顔を歪《ゆが》めると、顔を真っ赤にした。

そして、全身を使って泣き叫んだ。

きっと、弟を抱きながら、赤ん坊みたいに泣き叫ぶ僕を見て、香澄は笑っているのだろう。

もう、しょうがないなぁ。そんな顔で。

「もっと、一緒《いっしょ》にいたかった……。キスだってしたかった。もっともっと一緒に」

おばさんの前で、キスだとかそんな気まずいことを言ってる自分が馬鹿《ばか》みたいだったけれど、僕が泣く間おばさんは背中をさすってくれていた。

一寿も僕も。泣き疲《つか》れるまで、叫び続けた。

医者になりたい。

その日の夜。泣きはらした目で、父に告げた。

一瞬悲しそうな顔をした父は、僕を見据《みす》えて言った。

「辛《つら》いぞ」

真面目な顔は、やっぱり何を考えているのかわからない。

僕はうなずく。そして睨んだ。

そんな僕に、父もゆっくりと頷く。そして硬《かた》くした表情を崩《くず》した。

以前兄達に向けられたような、満足げな顔だった。


「お疲れ。頑張ったな」

医局に戻《もど》ると、同僚《どうりょう》の堺《さかい》が労《ねぎら》うように僕の肩に手を乗せた。

ああ、と呟いてソファに腰掛《こしか》ける。

「ああいうのが一番辛いよなぁ。ぶっちゃけ途中《とちゅう》で、ああこりゃ駄目《だめ》だなってわかってもさ、薬ぶっ込んで除細動かけてＣＰＲ（心肺蘇生法）してさ。もう目的は、家族が来るまでの延命、だろ。熱くなるだけ無駄だわな」

湯気が立ったコーヒーをすすりながら、堺がまくし立てた。

「延命……か……」

「なんだよ、辛気《しんき》くさい顔して。あっ、おい冴木！」

「家族に説明してくる」

そう言って、医局を出た。


結局、早川さんを助けることはできなかった。

僕のやってることは、延命なのだろうか。

鐘が鳴る。その後助かった人はいない。

だから、鐘が鳴った時点でもう――。


カンファレンスルームに着くと、泣きはらした目で奥さんが僕を見つめた。

抱かれた赤ん坊は、何も知らずに笑顔を見せていた。

一通りの説明を終えると、奥さんは目に涙をためて言った。

「この子が……この子は父親を知らずに育つんですね……」

何も言えなかった。

医療ミスをしたわけじゃない。でもこの瞬間、いつも罪悪感に襲《おそ》われる。

早川さんは、死が決まっていたのかもしれない。そして僕はそれを知っていた。

人為《じんい》を加えることのできない何か。僕には到底覆《くつがえ》すことのできない運命。

鐘の音が聞こえることは、誰にも言うつもりはない。

墓場まで持っていくだろう。

僕は何がしたいのだろう。延命か。違う。

なんのために医者になった。

僕は――。

「だあ、あー」

赤ん坊が僕に手をのばした。

早川さんが言った祝福――そんな存在。

そうだ、僕は抗うのだ。
鐘に。あの響きに。その意味に。
そのために、医者になった。
赤ん坊の黒くて濁りのない瞳が、真《ま》っ直《す》ぐに僕を見つめる。
僕はその手を握った。
「きっと、素直な良い子になりますよ。早川さんの子なんですから」
いつかきっと——鐘は、別の意味を持つ。

［ 5分後に涙のラスト ］

Hard picked 5 minute short,
Literary gems to move and inspire you

蝶《ちょう》は羽ばたいたか

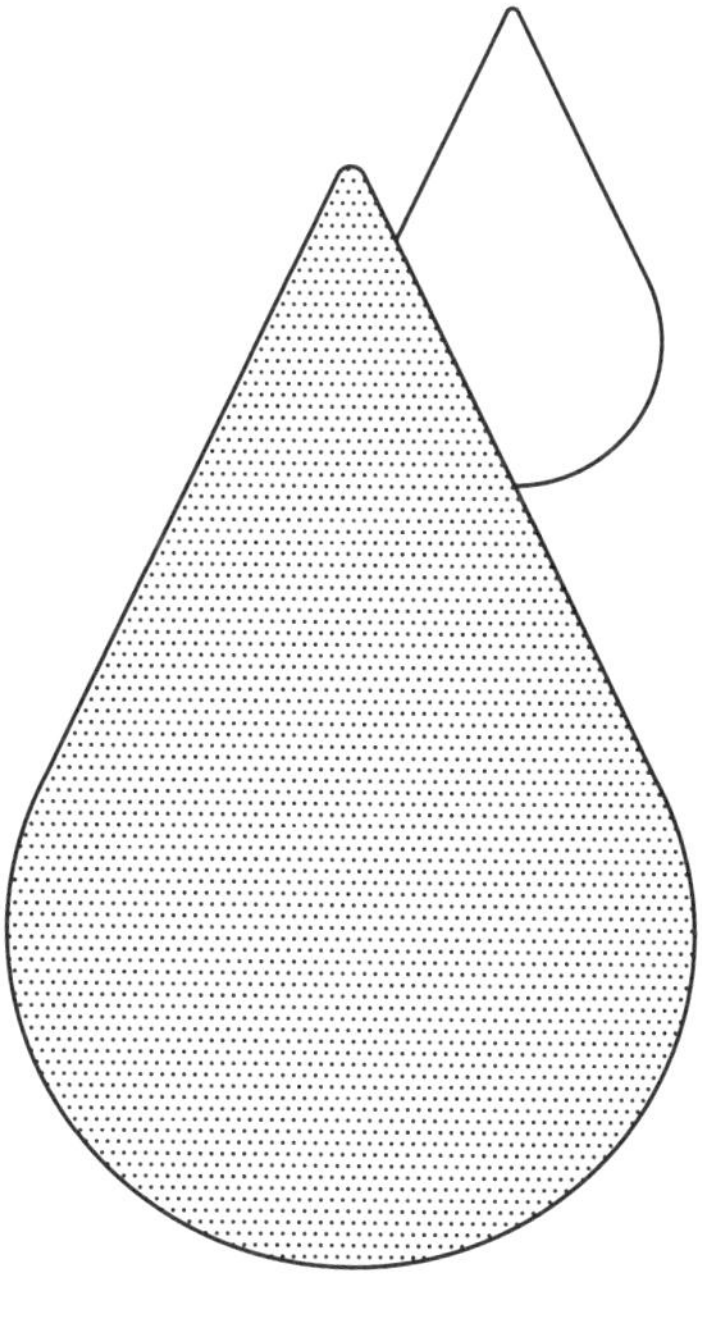

万里なお

ズグンズグンズグンズグンズグン。

この音は、何だ。

それは、回送電車が猛《もう》スピードで目の前を通り過ぎる音だった。つよい風が、前《まえ》髪《がみ》を掠《かす》める。

腕《うで》時計の針は九時を指していた。取引先との会議が、予定より一時間以上も長引いてしまったのだ。会社には、明日《あした》までに終わらせなければならない仕事が山積みになって待っているというのに。

終電に間に合わなければ、今夜も会社に泊《と》まるしかない。もう、三日連続だ。考えながら、僕《ぼく》はもう一度腕時計を眺《なが》めた。しかし、何度見たって時間は戻《もど》ってはくれない。

ズグンズグンズグンズグン。

またこの音だ。

そういえば今日は朝に缶《かん》コーヒーを飲んだだけで、食べ物を口にしていない。空っぱの胃が、僕に何かを訴《うった》えかけているのだろう。捻《ね》じ切れそうに痛む胃を宥《なだ》めるように撫《な》でても、何の効果もない。

睡眠《すいみん》不足に、空腹、疲労《ひろう》。意識は朦朧《もうろう》としているはずなのに、頭は夢中で仕事の段取りを確認している。

その時、駅員のくぐもった声でアナウンスが流れた。僕が乗らなくてはならない電車が遅《おく》れているという知らせだった。

身体《からだ》の奥《おく》から深い溜《た》め息が漏《も》れる。僕の周りにいる人たちも、口々に「勘弁《かんべん》してくれよ」と呟《つぶや》いている。

（本当に、勘弁してくれよ）

取り敢《あ》えず売店で何か食べるものを買おうと、コートのポケットを探る。すると財布の隣《となり》で携帯《けいたい》が震《ふる》えていた。

着信。相手は、上司だった。その名前を見ただけで、胃が更《さら》に強く痛んだ。

「はい」

『平山《ひらやま》、会議終わったか？』

「はい。今から戻ります。でも、電車が遅れていて……」

『はぁ？　……実は、明後日《あさって》の企《き》画《かく》が変更になってな。大至急で、ｗｅｂページと広告誌面の変更をしなければならなくなった』

『……変更……ですか』

『とにかく早く会社に戻れ！　いいか！』

電話が切れる、ばつん、という音がやけに大きく響《ひび》いた。

続けて、またあれだ。

ズグンズグンズグンズグンズグン。

もう、この音がどこで鳴っているのかすらわからない。身体の外側なのか、内側なのか。

携帯電話の画面に表示されているデジタル時計の数字が、一秒、一秒、時間を重ねていくのをぼんやりと眺め、僕は目を細めた。

（まるで、時間に首を絞《し》められているようだ）

そう思った瞬間《しゅんかん》、画面が変化した。新規メール受信、という文字が表示される。普《ふ》段《だん》なら、そのまま放置してしまうのだが、なぜかその時だけ、僕は無意識にそのメールを開いていた。

未読のメールが連なる受信ボックスの一番先頭に、おかしな件名のメールが届いている。

件名：『Does the Flap of a Butterfly's Wings in Brazil Set Off a Tornado in Texas?』

差出人のアドレスはおかしなアルファベットの羅列《られつ》。読まずに削除《さくじょ》しようとしたが、僕には、その文章に見覚えがあった。

（……『ブラジルの一匹《いっぴき》の蝶の羽ばたきは、テキサスで竜巻《たつまき》を巻き起こすか？』）

昔、学生の頃《ころ》に見た映画で、そんな台詞《せりふ》を聞いた気がする。タイトルは、忘れてしまった。

本文：

『拝啓《はいけい》、三年前の僕。

きみは、毎日忙《いそが》しい日々を過ごしていることだろう。

こんなメール、きっと悪戯《いたずら》だと、すぐに消去してしまうんだろうな』

冒頭《ぼうとう》の文章に、僕は眉《まゆ》を顰《ひそ》めた。明らかに新手の迷惑《めいわく》メールだ。

『率直に言おう。

僕は、きみだ。

僕ときみは、イコールで、つまり、

きみは、僕。

僕は、三年後の、平山晃一《こういち》だ』

僕の本名まで調べてあるなんて、悪質すぎる。不正請求《せいきゅう》か、詐欺《さぎ》か。僕はそのメールを削除しようとした。

『きみはオカルト的なことは信じないたちだ。そんなこと、僕がよく知っている。

しかし、最後まで読んでおくれ』

次の一文に、僕は息を吸い込《こ》んだ。

『今乗ろうとしているホームとは反対のホームに、もうすぐ電車が到着《とうちゃく》するだろう。

それに、乗ってほしい』

無意識に僕は電光掲示板《けいじばん》に視線を向けていた。反対のホームには、あと数分で電車が到着すると表示されている。奇妙《きみょう》なシンクロ。僕は携帯の画面に、視線を戻した。

『もし、そうしなければ、きみには不幸が起こるだろう』

は、と漏れたのは失笑だった。不幸の手紙、という言葉が頭にぽかん、と浮《う》かぶ。

そんなもの、僕が子どもの頃にはもう既《すで》に絶滅《ぜつめつ》していた。

『それを伝えるために、僕はこうやってきみにメールをしている。

しかし、運命は神様に与《あた》えられたもので、逆らうことはできない。とても難しいことだ。

その不幸が何なのかは、今の僕には言えない。しかし、想像してほしい。きみにとっての最悪とは?』

僕にとっての最悪は、仕事が終わらないことだ。毎日、毎日、こなしてもこなしても終わらないその作業だ。

(何なんだ、このメールは)

メールに思考回路を奪《うば》われてしまった自分自身に嫌気《いやけ》がさした。

『降格？　会社の倒産《とうさん》？　リストラ？　難病を患《わずら》うことか？』

そんな、想像もできないことばかりずらりと並べられたって、現実味はない。

『それともきみの一番大事な人を失うことか』

大事な、人？

瞼《まぶた》の裏側に、彼女《かのじょ》の姿が浮かび上がる。最初は黒い影《かげ》だったものが、次第に明るんでいく。しかしなぜか、顔にだけ靄《もや》がかかったままだ。

『最悪は、必ずきみに降《ふ》りかかるだろう。そして、三年後、きみは、僕になってしまう』

ユリエ。

付き合って五年になる、僕の彼女だ。

優しくて、大ざっぱで、少し頑固《がんこ》な、僕の彼女。

飽《あ》きるほど見ているはずの彼女の顔が、なぜかまだ、はっきりと浮かんでこない。疲れているせいだろうか。

『きみは、ふと空を見上げることがあるだろうか。そこに星があることを忘れてはいないか』

見上げる暇《ひま》なんて、今の僕にはない。

『ふと通り過ぎたカレー屋の匂《にお》いに、うっとりすることがあるだろうか』

ああ、家の近くにある、インド人がやってるカレー屋。そういえば、暫《しばら》く行っていない。

前はユリエと、週に一度は通っていたのに。僕はチキンカレーにナンと、ライスのセットを頼《たの》んで、ユリエはきまってベジタブルカレーを頼んでいたっけ。

それももう、随分《ずいぶん》昔のことのようだ。

『きみの顔を覚え、きみがレジに立つと決まった銘柄《めいがら》のタバコを差し出してくれるコンビニの店員に、ありがとうと言うことはあるだろうか』

このあたりから、僕の心臓の鼓動《こどう》が変化していた。
ズグンズグンズグンズグンズグン。
そこを中心に、身体が大きく波打っているようだ。
動悸《どうき》が、治まらない。
『きみが子どもの頃大好きだった、チョコレート・バーを（あまりにたくさん食べすぎて、一時期五キロ太ったのを覚えているかい？）最近かじったことは、ある？』
こんなこと、僕と、僕の家族しか知らないはずなのに。
『きみをとりまくちいさな幸せを、感じてほしい。
そしてたとえば、
そんな、ふとしたことが、きみの未来を変えるかもしれない』
一体、このメールは何なんだ。
『ブラジルで一匹の蝶が羽ばたき、
それが、テキサスでの嵐《あらし》になり得るかもしれないように』
悪戯にしては、できすぎている。掌《てのひら》が汗《あせ》で湿《しめ》り気を帯び、ずるりと携帯を落としそうになった。

一体、何で、こんなメールを僕に送ってきたんだ？

何の意味があって？

もう一度メールの差出人を確認しようとした時、反対側のホームに電車到着のアナウンスが流れた。

同時に新規メールが届き、携帯のバイブに僕はびくりとした。

しかし、メールの差出人はユリエだった。

リリリリリリリリリリリ、

電車到着を告げるその音は、劇場で流れる開演ベルの音によく似ていた。

＊＊＊＊

乗り込んだ電車は、会社とは反対方向、僕の家がある方向へ走る電車だった。

体調がすぐれないから今日は帰る、と告げた時の上司の声は、今まで聞いたこともないくらい気の抜《ぬ》けたものだった。

怒鳴《どな》られるかと思っていたが、まさか僕が帰るなんて言うとは、上司も想像していなかったのだろう。少しだけ笑ってしまった。

あのメールに感化されたとは、自分自身思いたくはなかった。しかし、僕の足は迷わず、反対ホームへと向かっていたのだ。


帰り道、いつもならとっくに閉店しているカレー屋の入り口から、うまそうなカレーの匂いが香《かお》ってきた。店の中の客はまばらだったが、カップルや家族連れが、楽しそうに食事をしていた。

それを見て腹がぐう、と鳴る。僕はコンビニに立ち寄った。お菓子《かし》のコーナーに山積みになっている、あの、チョコレート・バーは、昔と変わらない青いパッケージだった。

僕がそれを手に取りレジに向かうと、店員が「今日はタバコはいいんですか?」

と笑った。僕はその時、初めてその店員の顔をまじまじと見た。若い、大学生くらいの男。僕のタバコの銘柄を覚えて、いつも差し出してくれているのは、この店員なのだろう。

僕はありがとう、でも今日はいらないんだ、と答えた。

久しぶりに帰ってきた家の玄関は、まるで他人の家のようだった。大袈裟《おおげさ》だろうか？　でも、そう思ったのだ。

鍵《かぎ》を開けて扉《とびら》を開き、玄関《げんかん》で靴《くつ》を脱《ぬ》いでいると、廊下《ろうか》をまっすぐ行った所にあるリビングルームの扉が開いた。

中から出てきたのは、ユリエだった。

「うそ。おかえり」

驚《おどろ》きの表情。

ユリエは片手に持っていたスナック菓子の袋《ふくろ》を、ぱっ、と隠《かく》した。

「メール返してくれたらよかったのに！　まさか、こんなに早く帰ってくるなんて。

あ、でもね、晩御飯《ばんごはん》の用意はすぐにできるから」

「慌《あわ》てなくていいよ。スナック菓子食べて待つから」

これはお土産、と、さっきコンビニで買ったチョコレート・バーを差し出すと、ユリエはばつが悪そうな顔をして、残り少なくなったスナック菓子の袋を僕に差し出した。

「お湯入れてあげよっか。先にお風呂《ふろ》入ったら？」

「いいよ」

「なんか居心地悪いわ。ね、今日は珍《めずら》しく仕事早く終わったのね？」

「ああ」

僕はそれだけしか答えなかった。

当たり前だ。未来の自分からあんなメールが来たからだ、なんて、言えるわけはない。

僕はユリエが食事の支度をする後ろ姿を眺め、コートを脱いだ。

椅子《いす》に腰《こし》を下ろし、僕は携帯を開いた。今までにもあんなメールが届いていなかったか確認するためだ。

未読ばかりの受信メール、その差出人は、殆《ほとん》どがユリエだった。

『仕事頑張って』

『いつ帰る?』

『体調崩《くず》さないでね』

『また泊まり?』

僕を心配した内容の文面が連なる。そのどれにも、僕は返信をしたことがなかった。当たり前だ、読んですらいなかったのだから。

仕事が忙しかったから仕方ない。そう言い訳してしまえば、それまでだ。

しかしユリエは、一度も僕を咎《とが》めることはなかった。

付き合い、同棲《どうせい》を始めて、五年。

(たった一度も)

『それともきみの一番大事な人を失うことか』

メールに書いてあった言葉が頭にフラッシュバックした。

もしユリエを失ったら、僕はどうやって生きていくんだろう。

「突然《とつぜん》だったから、具がちょっと足りないけど、今夜はすき焼きでーす」

暫くして、目の前にすき焼きの鍋《なべ》が置かれた。ふわふわと湯気をあげるそれに、目を奪われる。と、同時にさっきまでのどんよりとした気持ちが、一気に吹《ふ》き飛んでいく。

「……いただきます」

「いただきまーす」

色づいた牛肉を掬《すく》い上げ、生卵にくぐらせてから一口頬張《ほおば》ると、すき焼きのじわっとした甘味《あまみ》が、口いっぱいに広がった。続けてもりもりにつがれた白飯を掬い上げ、口に放り込んだ。そこからは、もう、箸《はし》が止まらなかった。

空っぽだった胃に、あたたかいものが滑《すべ》り込んでいく。それが、ゆっくりゆっくりと降り積もっていくのが感じられるようだった。頭のてっぺんから、つま先まで。満たされる、とはこういうことなのだろう。

「卵、まだあるからね。なくなったら言ってね」

「ああ」

僕の目の前に座って、ユリエもすき焼きを頬《ほお》張る。

（こんなに髪の毛が長かったっけ？）

こうやって二人で食事をするのは、久しぶりだった。僕は家を空けることが多かったし、ユリエが寝《ね》てしまった後に帰宅することが多くなってしまったからだ。

「ありがとう」

「へ？」

「きみの御飯は、美味《おい》しい」

「突然、どうしたの？」

「最近は、そんなことも、忘れていたんだ」

ユリエは箸を置き、頬杖《ほおづえ》をついてにっこりと笑った。

「ねえ、晃一さん」

「何？」

「ブラジルで一匹の蝶が羽ばたいたとして」

ぽつりと呟かれた言葉に、僕ははっ、とした。

「それが数年後に、テキサスで嵐を巻き起こすきっかけになんて、なると思う?」

ユリエは、僕をじっと見ている。今、何て? と聞き返したかったが、できなかった。

「……きみ」

「私は、なると思うの」

「きみ、もしかして……」

「こんなふうに一分一秒過ごす、何でもない一瞬の出来事が、明日とか、もっと未来の自分を形づくる何かになるって」

僕が言葉を継《つ》げないでいると、ユリエが立ち上がり、そばにある自分のカバンから、何かを取り出した。

まるで通帳か何かのようなそれを僕に差し出し、ユリエは先程とは比べものにならないくらい、きれいな笑みを浮かべた。それを見て、胸が、ぎゅう、と痛む。

ああ、そうだ。

こんな風に、僕は彼女に恋《こい》をしたんだった。

「……五ヶ月」

ユリエが差し出したそれには「母子手帳」と書いてあった。ほんのりとピンク色の表紙には、かわいい赤ん坊《ぼう》と、うさぎの絵。

「うそだ」

間抜《まぬ》けなことに、僕の口からはそんな言葉しか滑り出てくれなかった。唇《くちびる》が震えている。

「本当よ」

「……五ヶ月って……だって、きみ、全然そんな素振り……」

「やっと言えた」

「…………」

「言おう、言おうと思ってたんだけど、忙しそうで」

なかなか言えなかったの、という声はひどく小さかった。

違《ちが》う。

ユリエが言わなかったんじゃない。言えなかったのだ。

『きみをとりまくちいさな幸せを、感じてほしい』


あの未来からのメールは、きみからのメッセージだったんだな。

全てが腑《ふ》に落ちた瞬間、僕の瞼が一気に熱を持った。ゆるく、絞《しぼ》られるように涙《なみだ》が溢《あふ》れ落ちる。頬《ほほ》を一筋伝うその温度が熱くて、驚いた。

「……ずっと」

「うん」

「ずっと、僕と……」

「うん」

「ずっと僕と、いて、くだたい」

「アハハ」

此《こ》の期に及《およ》んで、プロポーズの言葉を噛《か》むだなんて、間抜けすぎる。

ユリエが教えてくれなかったら、僕は彼女を失っていたかもしれない。こんな僕に愛想を尽《つ》かして。

あのメールは、彼女の抵抗《ていこう》だったのかもしれない。彼女を一人、放っておいた僕への、いじらしい鉄槌《てっつい》。

ユリエに渡《わた》されたハンカチで目元を拭《ぬぐ》い、僕は大きく息を吐《は》いた。

「きみはあんなに文才があったんだな。驚いた」

「ええ?」

「メールだよ。すっかり、信じてしまった。まるで、自分が映画の主人公になったみたいだったよ」

「文才? メールって、何のこと?」

ユリエは訝《いぶか》しげに眉を顰めた。今更とぼけるなよ、と、僕は脱いだコートのポケットから、携帯電話を取り出した。さっき見たメールをユリエに見せようと、受信ボックスを探るが、あのメールは消えてなくなっていた。

僕が無意識に削除してしまったのだろうか?

「ブラジルの蝶の羽ばたきが……、ねえ、晃一さん、あれ、何て映画だったっけ？　一緒《いっしょ》に見たよね。タイトル、思い出せないなあ」

ユリエは食事の片付けをしながら、独り言のように呟いた。


次の日の朝、僕は信じられないニュースを目にする。

昨日、僕が会社に戻るために乗るはずだった電車が、脱線事故を起こしたというのだ。大勢の怪我人《けがにん》と、死者まで出ていた。テレビに映るその大惨事《さんじ》の跡《あと》を見て、ぶわりと鳥肌《とりはだ》がたった。

怖《こわ》いね、と呟くユリエを尻目《しりめ》に、僕は再び携帯のメール受信ボックスを確認した。

あのメールは、やはりどこにもなかった。

もし、あの時、会社へと戻る電車に乗っていたら。

もしかしたら、僕は――、

（そんな、まさか）

ズグンズグンズグンズグンズグン。

昨日、何度も聞いたあの音が、耳の奥に蘇《よみがえ》ってきた。

「……なあ、ユリエ、蝶が羽ばたく時の音って……どんな音がするんだろうな……」

「え? パタパタパタ〜、でしょ、それは」

僕の運命を握《にぎ》る蝶は、どこで羽ばたいたのだろう。

僕はこれからも、奴《やつ》に翻弄《ほんろう》されて生きていくのかもしれない。

それは、嵐のように。

［ 5分後に涙のラスト ］

Hand picked 5 minute short,
Literary gems to move and inspire you

きみにクローバーの花束を

貴仁

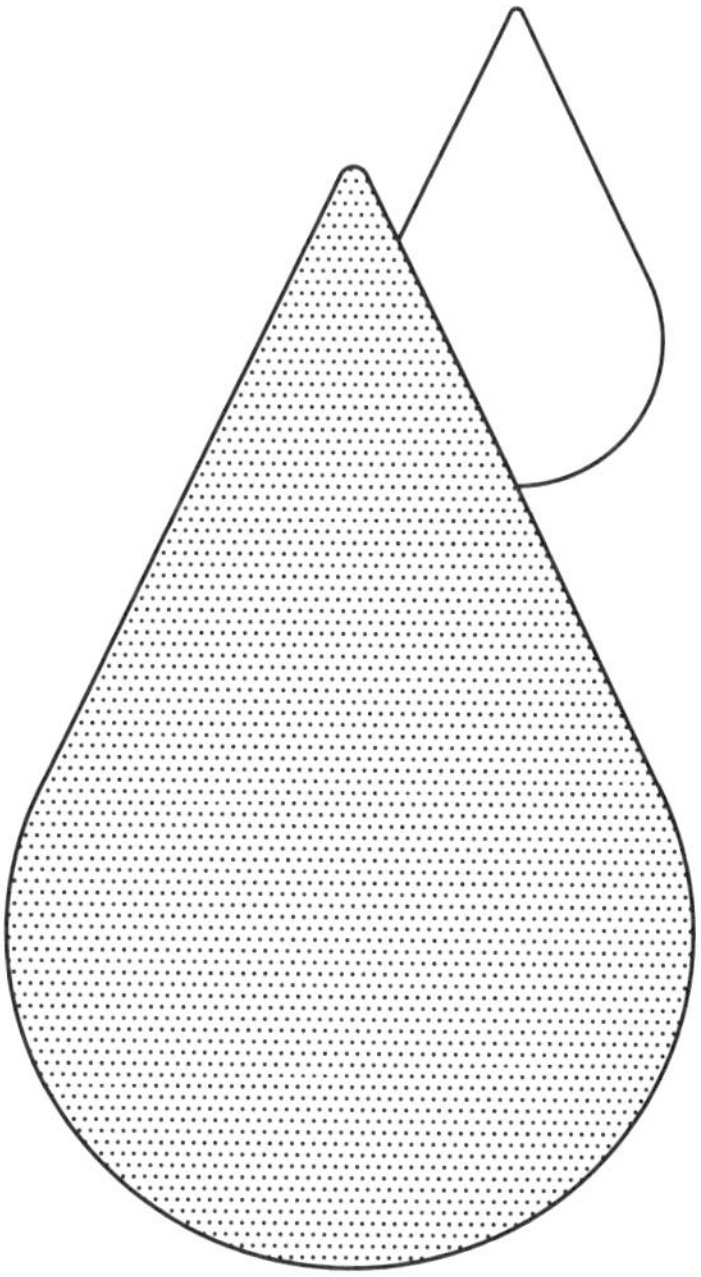

そこにいてくれるだけで幸せで
そこにいてくれるだけで緊張《きんちょう》した
あなたは、わからない様子だったけどね

眉目秀麗《びもくしゅうれい》
頭脳明晰《めいせき》
沈毅雄武《ちんきゆうぶ》
剛毅果断《ごうきかだん》

ありとあらゆる四字熟語を用いて誉《ほ》めても、まだお釣《つ》りがくると思ってしまうのは、フィルターがかかっているからなのだろうか。

いや、彼《かれ》は本当にそうなのだ。

完璧超人《かんぺきちょうじん》なのである。

衛生上、と襟足《えりあし》を短く切っている、さらさらの黒髪《くろかみ》。

漆黒《しっこく》のガラス玉のように澄《す》んだ瞳《ひとみ》。

肌《はだ》は絶妙《ぜつみょう》な、健康そうな色白さをキープしており、シミ一つなくなめらかだ。

百八十センチメートル近くある身長は、けれど相手に威圧感《いあっかん》を与《あた》えない。

ほどよく筋肉がついた身体《からだ》は、いかにも『マッチョ』な人よりもずっと親しみやすく感じさせる。

見た目だけではない。

十五カ国以上の言葉を流暢《りゅうちょう》に話し、歴史や政治経済情勢、文化にも詳《くわ》しい。

ありとあらゆる武道に精通し、礼節を重んじるその姿勢。

彼は完璧だった。

私が知る限りでは。

もう、ずっと一緒《いっしょ》にいるのに。

ずっと一緒に暮らしているのに。

これがお前の護衛だよ、と与えられて何年も経《た》つのに。

未《いま》だにその存在に、完全には慣れない。

――いや、違《ちが》う。

慣れたはずなのに。

彼の姿をつい捜《さが》して。

彼の視線をつい追って。

彼の手がふれることに身体がこわばるようになってしまったのだ。

ここ最近。

この家には彼と私しかいないから、毎日が淡々《たんたん》と、しかし私にとって濃密《のうみつ》に過ぎていく。

それがとても幸福で、とても緊張する日々を送っている。

二人きりの生活が始まったのは、悲しいきっかけのせいだけれど。

それでも、今の私はひとりぼっちではない。そばに彼がいてくれるのだから、本当に幸福だった。

それだけで、よかった。

私は学校にも行っていない。

仕事もない。

だからいくらでも寝坊《ねぼう》できるはずなのに、どうしても朝は決まった時間に目が覚めてしまうのだ。

「起きたか」

起き上がった私に応えるように、静かな声が横から投げかけられる。

目を向けるとテーブルに分厚い本を置いて、シオンがぺらぺらとそれを眺《なが》めていた。やたら分厚いので何を読んでいるのかと思ったら、植物図鑑《ずかん》だった。

「おはようシオン」

「ああ、おはようリナ。朝食にしよう」

私がベッドから抜《ぬ》け出したのを見届けることなく、彼は隣《となり》のキッチンへと移動する。

もう朝食を用意してくれていたらしい。というより、私の起床《きしょう》とほぼぴったりなタイミングで完成させていたらしい。相変わらず隙《すき》のない完璧超人だ。

完璧ではないただの人間である私は、ひとつ伸《の》びをすると髪を適度に梳《す》いてからクローゼットを開ける。

ブラウス・カーディガン・スカートというものいつもの格好に着替《きが》えてダイニングに向かうと、シオンがてきぱきと朝食を並べてくれた。

「ありがとう、いただきます」

「どうぞ、召《め》し上がれ」

焼き上がったトーストをそのままこちらに渡《わた》しながらシオンが言う。いつもバターをつけてから渡してくれるのにおかしいな、という疑問はすぐ解消した。

「あ、デニッシュ?」

「好きだろう。ここのところ食が進まないようだから、好物なら食べるかと思ってな。バターはくどくなるからそのまま食べろ」

あっさりと答えて、シオンは向かいの椅子《いす》に腰《こし》かける。彼の背後の棚《たな》に置かれた紙袋《かみぶくろ》には、おいしいデニッシュを通販《つうはん》しているパン屋のロゴが印字されていた。

ポットからマグカップに紅茶を注ぎ、さらにミルクを注意深く注いでいく。自分は紅茶なんて飲まないのに、私の好きな茶葉とミルクの分量まで把握《はあく》して。

最近食欲が落ちているからって、わざわざ私が好きなデニッシュを取り寄せて。

ぎゅ、と胸が締《し》め付けられる、そんな音がした。

その大小さまざまな言動、そのひとつひとつが私の胸を圧迫《あっぱく》して、食事を通らないようにさせているということに彼はまったく気づきはしないのだ。

だから私はデニッシュにかぶりついて咀嚼《そしゃく》しながら自分に言い聞かせる。

『勘違《かんちが》いするな』

彼は私の護衛で、私の命を守るのが任務。

食欲不振《ふしん》、栄養失調の上の餓死《がし》なんて遠回りな自殺をされないように、あれやこれやと工夫をこらすのだ。

そこには私への「心配」はない。「責任」は存在するとしても。

「どうした。もしかしてあまり美味《うま》くないのか」

「ん？」

唐突《とうとつ》に問いかけられ、慌《あわ》てて返事をする。

「眉間《みけん》にしわを寄せて食べているから」

少し首をかしげてこちらをのぞき込《こ》むシオン。澄んだ瞳に吸い込まれそうだ。

なんでもないと首を振って、私は表情を隠《かく》すためにうつむいて朝食を取り続けた。

昔は無邪気《むじゃき》に彼と遊んでいたのに、いつから私はこうなってしまったんだろう。

＊

身代金要求のための誘拐《ゆうかい》事件がついに三回目に及《およ》んだとき、両親が私に与えてくれた護衛役のシオン。

あれは確か八歳《さい》の誕生日直前だった。プレゼントのように与えられた「友達兼《けん》兄」に、私はすぐ懐《なつ》いた。

『リナリア様』

膝《ひざ》をついてこちらをのぞき込んだ、澄んだ瞳を憶《おぼ》えている。

最初は彼もかしこまった口調で私に接していた。それを私が拒否《きょひ》したのだ。

『だめ』

『え?』

『よびすてでいいの、シオンは友達でお兄ちゃんなんだから。リナってよべばいいの、父さまや母さまみたいに』

偉《えら》そうに告げられた護衛対象の言葉に、さすがの彼も絶句していた。まさかお友達扱《あつか》いされるとは思っていなかったのかもしれない。

彼が助けを求めるように振り向いた先には、苦笑いしながらうなずく両親たちがいた。

それを受けて、彼はゆっくりと応えた。

『……わかったよ、リナ』

『それから、わたしはめいれいするのはキライ。シオンがお兄ちゃんみたいにしてくれたらいいの』

【命令ではなく、自主的に行動しろ】

完璧な彼には難しくない話だろうが、今思えば『護衛』として雇《やと》われた彼にとって、どんなに迷惑《めいわく》な『命令』だったことだろう。

けれど、当時の私にとって、それは非常に重要なことだったのだ。

『令嬢《れいじょう》のリナリア・ガーランド』

『財閥《ざいばつ》の一人娘《むすめ》』

『歩く金塊《きんかい》』

両親以外の人間がみんな私を特別（金蔓《かねづる》）扱いするものだから、私は『ふつう』にあこがれていた。

そうした経緯《けいい》があって、彼は、私に対して兄のように面倒《めんどう》をみるようになったのだ。

私の両親が交通事故で亡くなってからも、ずっと。

＊

「リナ、たまには買い物に行くか」

勉強にまったく身が入らない私を見かねてか、シオンが不意に歴史書を閉じて提案した。

歴史書を繰《く》る綺麗《きれい》な指先とさらさらの黒髪に見入っていた私は、はっとして顔を上げる。

「明日《あした》はご主人様と奥様《おくさま》の命日だ。お二人がお好きだった菓子《かし》でも買いに行こう」

彼は怒《おこ》ってはおらず、仕方ないなというようにやわらかい笑みを浮《う》かべている。その表情に安心して、私はこくこくとうなずいていた。

「帰ったら、お菓子と一緒にお茶をいただきましょ。ね、シオン」

「はいはい」

玄関《げんかん》の扉《とびら》を開けた瞬間《しゅんかん》、透明感《とうめいかん》のある日差しがやわらかく降り注いできた。

私は普段《ふだん》からずっと引きこもりの生活をしているから、外出は本当に久しぶりだった。

両親の莫大《ばくだい》な遺産のおかげで、社会に接することがなくても生活には支障がないのだ。

必要なものは取り寄せができるし、シオンは護衛兼ハウスキーパー兼教師でもある。完璧超人が一人いてくれるだけで大抵《たいてい》なんとかなるものだ。

女の子なんだから、と母から私も一通りの家事と手習いを受けたけれど、シオンのほうがよっぽど優秀《ゆうしゅう》だ。

（フラワーアレンジメントの出来栄えまで彼に完敗したのは苦い記憶《きおく》だ）

しかし、引きこもり生活が続いているのも、
私に与えられたシオンが完璧超人なのも、
根底の理由はひとつだった。

その理由を私はすっかり忘れていたのだ。

正しくは、隣を歩いてくれるシオンがうれしくて、それしか目に入っていなかったのだ。

だから、

「リナリア・ガーランド」

そう低くごろつく声で呼ばれたとき、警戒《けいかい》を怠《おこた》ってしまった。

振り返った瞬間に衝撃《しょうげき》が私を襲《おそ》い、この体は道端《みちばた》へと吹《ふ》き飛ばされた。視界にシオンの腕《うで》が映り――彼に突き飛ばされたのだと知る。

レンガが敷《し》き詰《つ》められた道に転がったせいで体のあちこちが痛んだけれど、その感覚で現実に引き戻《もど》される。

はっとしてシオンの姿を捜すと、彼は私に声をかけた男に蹴《け》りを食らわせたところだった。

その背後で男の仲間らしきもう一人が、やや大型の銃《じゅう》を構えていることに気付く。

私ではなくシオンに向けて。

「シオンっ」

呼びかけたのと、その銃身が反動で跳《は》ね上がるのと、どちらが早かったのか。

シオンはその驚《おどろ》くべき反射神経で体をひねり、弾《たま》の直撃を回避《かいひ》した。

が、かすめてしまったらしい右の二の腕がすさまじい音を立てて『爆発《ばくはつ》』する。

自分ではなく通行人の悲鳴が耳をつんざいた。

シオンは少し顔をしかめただけで、そのまま冷静に護身用の電気銃を左手で構え、銃を握った相手の腕と額に連射した。

がじゃ、と鈍《にぶ》い音を立てて黒い銃身が転げ落ち、追いかけるように男も地面に崩《くず》れ落ちた。

「シオン！」

「大丈夫《だいじょうぶ》、どっちも。あっちは脳震盪《のうしんとう》だ。加減したから」

通行人が遠巻きにこちらを眺めている。こちらの正体がわかったことで、むしろ同情的な空気が漂《ただよ》っていた。

護衛を連れた少女が、白昼《はくちゅう》堂々と謎《なぞ》の人物に襲われる。

このようなキーワードに合致《がっち》する存在は、この街では「リナリア・ガーランド」しかいない。

「さっさと帰ろう、リナ。『先生』を呼ばないと」

男共の回収はそのまま警察に丸投げにするつもりらしい。

シオンはこちらに手を差し出そうとして、三分前には自分の手があったはずの空間を眺め、力なく笑った。

「ごめん、怖《こわ》い？」

二の腕の削《けず》り取られた断面からは、たくさんのケーブルがちぎれてだらりと垂れ下がり、いつも彼の体を血液の代わりに流れている黒いねばねばした液体がぽとぽとと滴《したた》っていた。

「……ありがとう、助けてくれて」

「それが仕事」

「そうね……」

『護衛用自律型アンドロイド』のために、真っ白なハンカチを傷口にしばってやりながら、私は小さく息をついた。

――それにしても。

彼がここまでけがをしたことが今まであっただろうか。

＊

「早く伝えようと思っていたら、一足遅《おそ》かったな」

シオンの腕をてきぱきと『外科手術』して、早くも縫合《ほうごう》してくれている『先生』は苦い表情でつぶやいた。ヒトもキカイも治すことができる数少ない医者である彼は父の友人で、その縁《えん》でずっとお世話になっている。

「以前の銃弾では、シオンの体で弾《はじ》かれていただろう。けれど、最新型の護衛用アンドロイドの装甲《そうこう》すら破壊《はかい》できる素材が裏で出回るようになってね……」

「それを銃弾にしたってわけですか。どうも大きなブツを構えていると思ったら」

シオンは息をついて、接がれた自分の新しい腕を見下ろした。

血液代わりのタール状の液体には修復機能を持つナノマシンが含《ふく》まれていて、今《いま》頃《ごろ》彼の体を駆《か》け巡《めぐ》っているはずだ。ちぎれたケーブルも先生が直してくれたけど、細かな微調整《びちょうせい》はナノマシンの形状記憶によって行われる。

しばらく安静にするように、と当たり前のお達しが出た。

「だからリナリアも、あんまり出歩くんじゃないよ。シオンが『所有者』を喪《うしな》えばきみの情報は垂れ流しになるし、かといってシオンが破壊されればきみにはなすべがないのだから」

「はい、先生」

素直にうなずいて、そして唇《くちびる》を嚙《か》んだ。

自分のふがいなさと、やるせなさに。

浮かれていて、ばかみたいだ。そのせいで自分の命を、シオンを危険に晒《さら》した。

自分の命に、ちょっとばかり大金が乗ってるからって、皆《みな》が皆それを貪《むさぼ》ろうとするのだ。

両親の命と引き換《か》えに得たお金は自分にとってひどく重いものなのに、両親の気持ちを考えればあっさり捨てることもできない。

先生が帰っても塞《ふさ》ぎ込んでいる私に、シオンは左手だけで器用にミルクティーを淹《い》れてくれた。

「でもよかった」

ミルクティーの湯気越《ご》しに彼を見ると、彼はとてもうれしそうに笑っていた。

「なにが?」

「リナが無事で。俺《おれ》の体が爆発するなら、リナの生身の体はどうしようもない」

ああ、まただ。

私はぎゅうっとなった胸に手を当てた。

彼がまっさらな笑顔を向けるたびに、こちらをのぞき込むたびに、胸が痛くなって。

そして私は勘違いしそうになって、自分を戒《いまし》めて、泣きたくなるのだから。

彼は造られただけあって、完璧超人。

私が悪さをすれば声を荒《あ》らげて叱《しか》り、悲しいことがあれば一緒に泣き、うれしいことがあれば一緒に笑って喜ぶ。

そんな彼の唯一《ゆいいつ》の欠点は――『無感情』なところだった。

彼の優秀な人工知能は、あらゆる例と適切な回答を記憶し、場合によっては例を応用・複合させる。

そこから導き出される表情や行動は、とても人間らしいのに……。

それは決して、感情ではないのだ。

「感情が、心があるみたいね」と言ったかつての私に、シオンは静かにそう説明した。

人間と生活を重ね、経験を重ねたアンドロイドは、人間らしい反応がうまくなるのだとも。

「ロボット工学三原則を知っているだろう」

そのとき、彼はこうも語った。

＊

第一条

ロボットは人間に危害を加えてはならない。
また人間が危害を受けることに対して、黙認《もくにん》してはならない。

第二条

ロボットは人間の命令に従わなくてはならない。
ただし、第一条に反する命令はこの限りではない。

第三条

ロボットは第一条、第二条に反するおそれのない限りは、
自己を護《まも》らなければならない。

＊

シオンのような護衛アンドロイドには、第一条に追加項目《こうもく》が設けられている。

＊

第一項
保護対象を護るために、相手に最小限の危害は加えてもよい。
ただし携帯《けいたい》できる武器は最弱の電気銃のみ。

第二項
保護対象が他の人間を害する可能性があるときは以上の限りではない。

第三項
戦闘《せんとう》データは即刻《そっこく》警察に転送される。

＊

もし、アンドロイドに感情があったとして、主《あるじ》を襲う相手を恨《うら》んで虐殺《ぎゃくさつ》したら？

或《ある》いは、悪意ある主に荷担してしまったら？

「感情は転ずると悪いものにも変わる。愛していた相手なのに、心変わりを憎《にく》んで、殺《あや》めてしまう事件もある」

ニュースでもあったな、とシオンはほほえんだ。

人間よりもきれいな、混じりけのない笑顔だった。

「だから人に操作されない自律型アンドロイドは、俺は、感情を持ってはいけないんだ」

俺はお前を護るために身体を張るし、
お前の感情に『共感』したように、悲しみの涙《なみだ》を流し、
喜びの笑みを浮かべるだろう。

でもそれは感情ではなく、ましてや愛情ではない。
命がうまれることは『うれしい』。
命がなくなることは『悲しい』。
そんな用例と回答の積み重ねによって、俺の中で導き出される反応にすぎない。
そうシオンは語った。
機械仕掛《じか》けの彼には有り得ないのかもしれないけれど、たぶん『無意識に』。
私との壁《かべ》を、作ったのだ。

それでも私はシオンがいてくれたから、毎日を楽しく過ごすことができた。
彼と一緒に過ごすことが幸せだった。
私と彼は、
クライアントと護衛で、
人と機械で、
感情の塊《かたまり》のような娘と無感情な青年で、

私の想《おも》いが正確に通じることなどないのだろうけれど。

でも、人間同士だって気持ちがすれ違うのだから、私とシオンがわかり合えないのも当然かもしれない。

もしかしたら、シオン自身もわかっていないだけで、彼にも心があるのかもしれない。

私自身の『心』を取り出して見せることもできないのに、どうして私（人）にはあって、彼（機械）にはないと言い切れるだろう。


ふと、ある童話を思い出した。

心を持った人形が、冒険《ぼうけん》を経て良心というものを学び、本物の人間になるというお話。

妖精《ようせい》が命を賭《と》して人を守った人形の願いを汲《く》んで、叶《かな》えてくれるのだ。

もしも、ねがいが、かなうなら――――。

「ねえシオン」

「どうした」

出しっぱなしだった植物図鑑をぱらりとめくって、私は提案した。

「腕がよくなったら、四つ葉のクローバーを探しに行こうね」

「構わないが……一体どうした」

くすくすと笑った私を、彼は不思議そうに眺めている。

「お願い事をしたいのよ」

――彼も知らない「心」というものを、見つけられますように。

*

けれど、その約束は果たされなかった。

数日後、家にまで乗り込んできた見知らぬ集団に、リナリアが撃《う》たれた。

全員を伸ばしたあと、急いで駆け寄って抱《だ》き起こしたときには、彼女はもう虫の息だった。

「どうして庇《かば》ったりしたんだ……きみは……きみは生身の人間なのに」

先生が言っていた、新しい銃弾。

それが俺の胸を狙《ねら》っていると気付いた彼女が、俺を突き飛ばして、被弾《ひだん》した。

人間の心臓と同じ位置に、アンドロイドにも弱点がある。

俺が撃たれてしまうなら、それで仕方ないことだったのに。

腕の中でリナリアはうっすらとほほえんだ。

「身体が勝手に動いたの。あなたが爆発するところなんて、見たくないから……」

脇腹《わきばら》をごっそり持っていかれたその傷は、間違いなく致命的だった。

病院に搬送《はんそう》しても、間に合わない。彼女の命は、あと数分で尽《つ》きてしまう。

そうとわかるほど俺は冷静なのに、ただ力なく言葉が落ちていった。

「どうして……！」

「どうしてか、わからなくていいわよ」

彼女は目を細めてほほえむ。信じられないほど、穏《おだ》やかな表情で。

「ねぇ、シオン」

静かな声が、人工鼓膜《こまく》を震わせる。

爆発で耳がいかれてしまったのだろうか、リナリアの声以外はなにも聞こえない。

彼女の声だけが、やけに響《ひび》いた。

「私、きっとこのまま死んじゃうんでしょうけど、最新鋭《さいしんえい》のアンドロイドのあなたなら、長い時間をこれからも生きるよね。だから……憶えていて」

小さな手をこちらに伸ばして、リナリアは言った。

「私はほんとに幸せだった。お金なんてどうでもよかったの。あなたと過ごせたことが幸せだったのよ」

こほ、と口元が赤く汚《よご》れた。

今の彼女にとってこの血液は命の一滴だというのに、まったく気にも留めずに続ける。

「だからね。命令よ、シオン」

それは八歳のとき以来の、二回目の命令だった。

『私を幸せにしてくれたあなたが、幸せになりなさい』

幸せとは、なんだろう。

自分はアンドロイドで、仕事を正確に迅速《じんそく》に遂行《すいこう》することが役目で、リナリアの護衛で、彼女を護ることが。

彼女の笑顔を護ることが――。

「シオン……どうしたの」

つめたい指先で頬《ほほ》にふれられ、自分のそこが濡《ぬ》れていることに気づいた。瞳から勝手に涙がこぼれている。

人間と同じ生体反応をするように、この身体はプログラミングされている。

けれど。

「泣かないで」

けれど、この『痛み』はなんだろう。

痛覚神経の異常はないはずだ。

だというのに、どうして胸の奥が軋《きし》むように痛むのだろう。

「リナリア……」

「ね、シオン。あとね……」

止まらない涙で指先を湿《しめ》らせながら、彼女は言う。

「落ち着いたら、私のために四つ葉のクローバーを探してね」

果たせなかった約束を、今更《いまさら》のように。

「わかったよ。探す、探すから、だから……！」

生身のきみが、俺を置いていかないでくれ。

俺の音声にならない叫《さけ》びをかき消すように、リナリアは告げた。

「あなたのこと、大好きよ」

それが最期の言葉だった。

良家のお嬢様で、
大金持ちで、
明るくて素直で心優しい、完璧な少女。

彼女の唯一の欠点は、恋愛《れんあい》下手だったこと。
愛した相手が人間ではなく、自分の護衛アンドロイドで
しかもそいつを庇って、命を落としたことだった。

＊

「シオン！」

青々と草が生い茂《しげ》る地べたに座り込んでいる俺のもとへ、女の子が駆け寄ってきた。この教会が運営する孤児院《こじいん》にいるリリーだ。

「なにしてるの？」

隣にしゃがみ込んで訊《き》かれたので、摘《つ》んだクローバーを見せてやる。

「四つ葉を探してるんだ」

それを受けて、リリーはきょとんと小首をかしげた。

「おねがいごとするの？」

その言葉にひっそりとほほえみながら、俺はゆるく首を振る。

「いや……あげるんだ、リナリアに」

リナリア、という名前を口にすると、また胸の奥がつきんと痛んだ。

その痛みをごまかすように、笑みを深くする。

少女は「いっしょにさがす」と、宣言してぺたんと座り込んだ。その小さな手で三つ葉ばかりの茂みをかき回していく。

俺も作業を再開すると、リリーがつぶやいた。

「リナリアさま、おねがいあったのかな」

「うん……俺にも教えてくれなかったけれど、探しに行こう、って約束したんだ」

ふうん、と相槌《あいづち》を打って、リリーはにっこりする。

「やくそくなら、みつけなきゃ」

「そうだな」

「リナリアさま、きっとよろこぶよ」

この孤児院の子どもたちは、みんなリナリアによく懐いていた。ご両親が運営費を寄付していたこともあって、ご家族総出でよく訪ねていたからだ。

そして、同行していた俺も人間だと思ってか懐いてくれていた。

「リリーね、リナリアさまだいすき」

「……そうだな」

小さなつぶやきにうまく答えることができなくて、俺はただ事実を認めた。

「やさしいし、きれいだし。たくさんあそんでくれたし、おはなのなまえもおしえてくれたし」

「お花？」

「そうだよー」

手を止めて、リリーはにっこりする。

「リナリアも、リリーも、それからシオンも、みんなおはなのなまえなのよって」

「そうか……」

『私がリナリアだから、あなたも花の名前がいいわ』

植物図鑑を頭からめくっていって、時間をかけて見つけた名前だった。

『シオン。背が高くて、薄紫《うすむらさき》色のやさしい花よ』

ほほえみとともに呼びかけられた名前が、どこか違う響きを持っていた。

「いっぱい、いっぱいおぼえてるもん。だからあえなくなっちゃってもね、だいすきだよ」

にこにこしながら、少女は澄んだ真《ま》っ直《す》ぐな瞳でこちらを見つめて問いかける。

「シオンは？」

リナリア。

リナリア。

「わからない、んだ……。好き、って、なんだろう」

教えてくれ。

きみはどうして、俺を好きだなんて言ったんだ。

「俺には、わからない……」

つ、つきん、ずきん。

胸の痛みが、増していく。

軋むように、締め付けるように。

「……リリーはね」

俺の問いかけには答えず、リリーがつぶやいた。やわらかな髪の毛をさらりと落として、うつむいて。

「リナリアさまにはもうあえないから……ほんとはさみしくて、むねがぎゅーってしちゃうの……」

でもね、と言葉が続く。

持ち上がった顔には、笑みがあった。

「でも、リナリアさまのわらってるかおをおもいだすと、なんだかあったかくなって、にこにこするんだぁ」

リリーはこちらを見ると、笑みを引っ込めて、怪訝《けげん》そうに訊《たず》ねる。

「シオン?」

リナリア。


きみの名を口にするたびに、胸を衝《つ》く痛みがあるのに——。

それでも、きみの笑顔を記憶に辿《たど》ると、またほほえみが反射で浮かぶのは——。

そして、ああ、今こうして涙がまたこぼれおちていくのも、人間の反応を真似《まね》ているんじゃない。そうだろう?

——『俺』が、想っているんだ。


「俺も、リナリアが好きだよ」

瞳からあふれる涙をぬぐいながら、俺は独白した。

リリーに対してでなく、虚空《こくう》に向かって。

彼女がいなくなって『かなしい』。

とても、とてもかなしい。

リナリアに、応えてやりたかった。

でも、もう――――。

「シオン！　これっ！」

甲高《かんだか》い声にはっとすると、リリーがばっとこちらに腕を突き出したところだった。

その手に握られていたのは――――四つ葉のクローバー。

「リナリアさまに、あげて」

受け取って呆然《ぼうぜん》としている俺に、リリーは息せき切って続ける。

「リナリアさま、おしえてくれたの。あのね、クローバーの『はなことば』はね――

――」

＊

教会の裏手にある墓地に、俺は佇《たたず》んでいた。

「……きみなら、言わなくても知っているんだろう？」

捧《ささ》げられたクローバーは、笑うようにひらりと葉をゆらめかせる。

「俺は、ここで生きるよ。リリーたちを守っていく。きみと過ごしたように、きみがいるところで」

きみと一緒に生きていくよ。

「シオーンっ」

リリーや、子どもたちの声が響いてくる。そろそろ行ってやらないと。

「行ってくるよ」

リナリア。

さよなら、ときみは言わなかったから。

「おやすみ、リナリア。また明日」

シオン「きみを忘れない」
クローバー「約束」

［ 5分後に涙のラスト ］

Hand picked 5 minute short,
Literary gems to move and inspire you

コンビニ物語
〜カウントダウンシガレット〜

ぽぽあっと

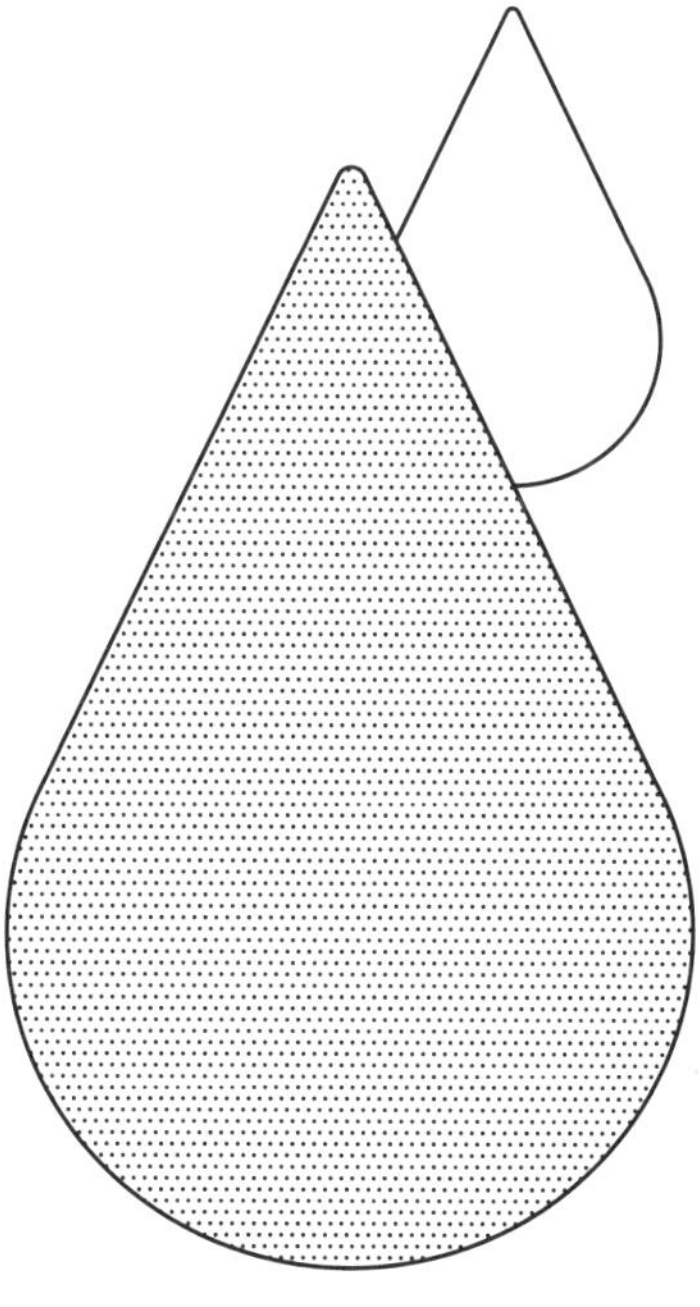

もうすぐ午後十一時。

コンビニでバイトをしている俺《おれ》はレジの真向かいにある時計を確認して入り口を横目で見る。

もうそろそろかな？

俺はある客の来訪を今か今かと待っていた。

すると間もなくして自動ドアが開き、一人のおじさんが入ってきた。

俺が待っていたのはその五十代くらいのおじさんだ。毎日、決まってこの時間にやってくる。

整髪料《せいはつりょう》で整えられた白髪交じりの髪、ピンと皺《しわ》もよれもない紺色《こんいろ》のスーツ、そしてスラッとした体形。その立ち姿は若者の俺でもかっこよさを感じてしまう。

おじさんはいつも決まって最初に雑誌コーナーに向かい雑誌を手に取ると、ぱらぱらっとページを開く。

毎度のことだが記事を読むわけではなく、一通り目を通すとまた他の雑誌を手に取り同じことを繰《く》り返す。

それはいつも決まって三冊。

雑誌を読み終えると、カゴを持ちドリンクコーナー、惣菜《そうざい》コーナーを商品を吟味《ぎんみ》しながら回って、いつも俺のレジにやってくる。

「いらっしゃいませ」

俺はレジに置かれたカゴの中から商品を取り出す。

カゴの中身はだいたい決まっている。

本日はお茶とビールと惣菜パンに缶《かん》コーヒー。今日は惣菜パンだけど、おにぎりの時もある。

俺は商品をピッピッとリーダーで読み取っていき、その作業を終えると同時におじさんは、

「あと百二十四番のタバコを一箱お願いします」

と落ち着いた低い声でそう伝えてきた。

「百二十四番ですね。お待ちください」

俺はレジの裏に並んでいるタバコを手に取って、おじさんに渡《わた》す。

会計を済ますとおじさんはいつも「ありがとう」と言って、軽く会釈《えしゃく》をしてから店を後にする。


以上がおじさんの『いつもの』パターンだ。

ちなみにこの番号っていうのはタバコの銘柄《めいがら》ごとに振《ふ》ってある番号のこと。

同じ名前のタバコでも沢山《たくさん》の銘柄があって、ざっと二百種類以上はある。

例えばマイルドセブンライトとかウルトラライトとかスーパーライトとか。

店員側としては、お客さんに一つ一つタバコの銘柄を指定されるよりも、番号で指定されるほうがよっぽど楽。

覚える必要がないからね。


「あのおじさん、今日やっぱ百二十四番?」

声をかけてきたのは先輩《せんぱい》の涼《りょう》さんだった。

「はい。百二十四番でしたね」

涼さんは出ていったおじさんを一瞥《いちべつ》してから俺を見る。

「じゃあ明日《あした》は百二十三番だな」

「はは、ですね」

涼さんはニヤッと笑って俺の肩《かた》をポンと叩《たた》いて持ち場に戻《もど》っていった。

俺は店の外を眺《なが》めて信号待ちをしているおじさんの後ろ姿を見つめる。

数ヶ月前からいつも決まった時間にやってきて、決まったパターンの商品を買うおじさん。

ただタバコだけは毎回、番号を一番ずつ減らしていくおじさん。

一昨日《おととい》が百二十六番、昨日は百二十五番、そして今日は百二十四番……。

明日はきっと百二十三番だろう。

おじさんのその不思議なタバコの買い方はいつの間にかバイト中の楽しみの一つになっていた。

さてと、仕事、仕事。

青信号に変わり歩き始めたおじさんの後ろ姿をひっそり見送ってから、俺は仕事に戻っていった。

もうすぐ午後十一時になる。

レジの真向かいにある時計を見てから、チラッと入り口を見てしまうのはいつの間にか俺の癖《くせ》になっていた。

もうそろそろかな？

俺はおじさんの来訪を今か今かと心待ちにしていた。

なぜなら今日は記念すべき七十七番の日だからだ。

記念といってもとりわけ何か祝うわけでもなく、ただの自己満足なんだけれど、それでも俺はおじさんが来るのを楽しみにしていた。

でも十分、二十分と待てど暮らせどおじさんは姿を現さなかった。

こんなことは初めてだった。

いつもなら必ず十一時にやってくるのに、今夜は十一時半を過ぎてもおじさんはやってこなかった。

少し心配になる反面、なんだかおじさんに裏切られた気分になる。友達にドタキャンされた時に感じるあのモヤモヤッとした感覚。

そんなことを考えるのは筋違《すじちが》いなんだろうけど、なんだか急にテンションが下がってきて、諦《あきら》めて事務所で休憩《きゅうけい》することにした。

事務所のパイプ椅子《いす》に腰《こし》を下ろし、スマホを取り出すと彼女《かのじょ》からメッセージが届いていた。

おじさん、来たー？

彼女にもおじさんの話をしている。今日は出かける前に七十七番の記念日だと興奮気味に彼女に伝えていたから、なんだかこっ恥《ぱ》ずかしい。

ううん、来てない。
なんか裏切られた気分。

そう返信するとすぐ既読《きどく》がつき返信が来た。

裏切られたってｗ
残業とか電車遅延《ちえん》とかじゃない？
多分来るよ、きっと！

彼女の返信を見てなんだか勇気づけられる。そして勝手に裏切り者と決めつけてしまったおじさんに対して心から申し訳なく思った。
「おーい、おじさん来たぞー。早く戻ってこいよ」
と、涼さんが俺に声をかけにわざわざ事務所まで来てくれた。

時刻を見ると十一時四十五分少し前。

「はい、すぐ行きます！」

慌《あわ》てて俺は席を立ちあがり店内へと飛び出していった。


時刻はもうすぐ午後六時になる。

出勤前の準備時間、俺は事務所で涼さんと雑談をしていた。

「ところで、今日は三十番の日だっけ？」

涼さんはスマホをいじりながら俺に話しかけた。

「そうっすよ」

「そっか、あと一ヶ月かー」

「……そうっすね」

そう、あと一ヶ月。

今日はおじさんが三十番のタバコを買いに来る日。

そしてそれは一番のタバコを買うまでに一ヶ月を切ってしまったことを意味して

いた。

「その後、おじさんどーするんだろうね？」

一番のタバコを買った後、おじさんはどうなるのか。

それは前々から気になっていたことだ。

おじさんはこの挑戦《ちょうせん》に成功した後も、何事もなく店にやってきて、またこの挑戦を始めるのか。

それともまた新しい何かに挑戦するのか。

はたまた、うちの店には来なくなってしまうのか。

なんにせよおじさんに直接本当のことを聞いたわけではないから、俺にはわからない。

それに、あまり考えたくはない結末をふと考えてしまう。

「もしかして買い終わったら死んじゃうとか？」

涼さんはまさに俺が考えていたことを言い放った。

俺は声のトーンを下げないように気をつけて涼さんに言う。

「涼さん、縁起《えんぎ》悪いっすよ、それ。自分の死が近い人がタバコなんて買わないっすよ」

そう力説する俺に「あー、そっか」とだけ答える涼さん。

その線も前々から考えてはいたけど、先ほどの理由もあってそれはありえないと既に結論づけていた。

おじさんは自分の寿命《じゅみょう》を知っていて、それに合わせてカウントダウンしてる?

そんなわけがない……。

「せいぜい誕生日のカウントダウンとかじゃないっすかね?」

「なるほどねー」

涼さんの棒読みに近い言葉のトーンにため息をつく。どうやら涼さんはこの話に興味がなくなったようだ。

そろそろ勤務時間になるので、俺は話をやめ、店内へと出ていった。

そんなこと……あるわけないよな。

もう一度、その可能性を理屈《りくつ》をつけて否定する。

俺が心の中で勝手に決めたことなんだけど、

実はおじさんが一番のタバコを買った時、声をかけてみようと思うんだ。

「おめでとうございます。ずっとこのチャレンジに気づいてて、ずっと応援《おうえん》してました。これで終わりにせず、明日からも絶対にコンビニに来てくださいね！」って。

だから、そんなことあるはずがない。

そんなこと、絶対ない。

もうすぐ午後十一時になる。

客の会計をしながらレジの真向かいにある時計を見て、チラッと入り口を見た。

もうそろそろだよな……？

会計したお客が外に出るのと同時におじさんは店内に入ってきた。

でも、今日はいつもとは違う様子に俺は思わずハッと息を呑《の》んだ。

店内に入ってきたおじさんの横には若い女性が立っていた。

そしてその女性はおじさんの横にぴたりとくっつき、腕《うで》を絡《から》ませていた。

その姿は年の差カップルがいちゃついているといった類《たぐい》ではなく、誰《だれ》が見ても歩くのが精一杯《せいいっぱい》の年配者を支えているようにしか見えない。

それにおじさん自身も服装は普段《ふだん》通りスーツを小綺麗《こぎれい》に着こなしていたが、髪は整髪料をつけておらず、ぼさぼさで、その顔には生気が感じられなかった。

出勤前に言った涼さんの言葉が脳裏によぎる。

「ちょっと、店員さん。会計」

ハッと我にかえると、目の前に立った男性客が少しイラついた様子で俺に催促《さいそく》していた。

「あっ、すみません」

俺は慌てて会計をしつつも、意識はおじさんのほうに向ける。

おじさんと女性は頼《たよ》りない足取りでゆっくりと雑誌コーナーに進んでいく。

その歩幅《ほはば》は弱々しく、その背中はいつもより小さく見えた。

「店員さん！」

「あっ、すみません」

「一番って言ってんだろ？　早く取ってよ」

「あっ、はい。すみません」

慌てて背後の一番のタバコを手にかけると、思わず手が止まってしまった。

一番のタバコを買ったらその後おじさんはどうなってしまうんだろう？

先ほど涼さんに言われた言葉が頭の中でリフレインする。

そんなこと……あるわけない。

勢いよく襲《おそ》いかかる雑念を必死に振り払《はら》い、一番のタバコを手に取ってレジへと戻る。

客は差し出したタバコを奪《うば》うように取り、ぶっきらぼうに金を支払ってコンビニを出ていった。

すかさずおじさんのほうを見たけれど、おじさん達《たち》は丁度、俺から死角になってる惣菜コーナーへ消えていった。

今まで気づかなかったけど、おじさんはだいぶ痩《や》せていた。頬《ほほ》はこけ、首もほっそりとしていた。

毎日顔を合わせていたせいか、おじさんの変化に全く気づけていなかった。

そしてその変化に気づいてしまった今、これまで否定し続けていた可能性が急浮《きゅうふ》上《じょう》してきて、頭の中を駆《か》け巡《めぐ》った。

そんなことあるわけないだろ……

俺はその言葉を幾度《いくど》となく繰り返し念じ、ぐちゃぐちゃになっている頭の中に浮かぶ最悪なシナリオを必死に否定することでいっぱいいっぱいになっていた。


よく晴れた土曜日の午後一時。

目が覚めたのはそんなお昼時。

昨夜はなかなか寝付《ねつ》くことができず外が明るくなりかけた頃《ころ》にようやく眠《ねむ》りにつくことができたが、寝たという実感はあまりなかった。

睡眠《すいみん》不足の頭は様々な思考を拒《こば》んでいる。

けれどもはっきりと脳裏には今日の夜のことがこびりついており、ぐるぐるとそのことが頭の中を駆け巡る。

今日がついに来てしまったこと。

今日で終わってしまうかもしれないということ。

今日、おじさんが一番のタバコを買いに来る日だということ。

動きの鈍《にぶ》いままの脳みそで最悪のケースを必死に否定しようと試みるも、決壊《けっかい》したダムのように溢《あふ》れ出す濁流《だくりゅう》が俺を飲み込《こ》む。

この一ヶ月間、おじさんもみるみる痩《や》せ細っていき、時にはふらふらっとよろけてかろうじて女性の肩に体を預ける姿を何度も目撃《もくげき》した。

数ヶ月前のおじさんとは程遠い姿を見る度に心がズキンと痛くなる毎日。

おじさんが明日死ぬかどうかなんてわからない。

ただ単に俺がそう思い込んでるだけ。

だっておじさんにそう告げられたわけでも何でもないんだから……。

それでもこの一ヶ月の間、何度もそう思い込もうとしたけれどおじさんのやつれ細っていく姿は俳優の役作りでなければ確実に病魔《びょうま》が蝕《むしば》んでいるようにしか見えなかった。おそらくそれは間違いのない事実なんだと思う。

突然《とつぜん》、恐怖《きょうふ》が俺の心を覆《おお》い始めた。

二日酔《よ》いでもこうはならない程の激しい胸焼けみたいな気持ち悪さが俺を襲い、思わず腹から突き上げる吐《は》き気に口を手で塞《ふさ》いだ。

行きたくない。行きたくない。行きたくない……。

そんな最悪な状況《じょうきょう》の中、俺のスマホが鳴った。

まだ整理のつかない状況だったけれどかろうじてスマホを手に取ると一通のメッセージが届いていた。

ナオのことだから
今つらい気持ちになってるよね？
でも大丈夫《だいじょうぶ》
おじさん
ナオに会いたいんじゃないかな？
最後かもしれないし

そうじゃないかもしれないし
でも今日、
おじさんに思ってること
ちゃんと伝えて
ちゃんと向き合ってね
ガンバレ！　ナオ！

それは彼女からのメッセージだった。

しばらく俺はそのメッセージを眺めては心の中で復唱し、また眺めてはぶつぶつと復唱した。

そして、バッと顔を上げた。

厚い雲に何重にも覆われていた俺の心に大鉈《おおなた》を振るわれる。

そして止まっていた思考回路に高電圧がかかって、一気に電流が全身に流れ込んでいくような感覚がして、俺は跳《は》ねるようにベッドから飛び起きた。

何を俺は迷っていたんだろう？
もし今、わざと選択肢《せんたくし》を間違えたり、あえて正解を選ばなかったりすれば、
あの時、ああすれば、こうすればって後悔《こうかい》しか残らないじゃないか。
俺にはもう一択しか残っていなかった。
いや、最初から一択しかなかったんだ。
いつの日か、俺は勝手に決めていたじゃないか。
おじさんが一番のタバコを買った時、声をかけようって。
このカウントダウンチャレンジを達成した時、「おめでとう」とお祝いしようって。
時計を見ると午後四時。
準備を済ませた俺は鏡の前に立って、冷たい水を顔にぶつけ、自分の顔を見た。
よし！　行こう！
そして俺は勢いよく玄関《げんかん》を飛び出していった。
もうすぐ午後十時になる。

レジの真向かいにある時計を見て、そしてチラッと入り口を見た。

自動ドアが開くと、若いカップルがそのまま俺のレジへと向かってきた。

「えーっと、百二十四番。お前は？」

「私はセーラムメンソライト」

「百二十四番と七十七番ですね」

俺が後ろを向くと、既に涼さんが棚《たな》からその番号のタバコを取り出して、さっと俺に渡す。

俺は涼さんに笑顔を向け「ありがとうございます」と答え、手際よく会計を続けた。

会計を済ませ、客が店から出るのを見届けてから時計をもう一度見る。

あと……一時間か……。

意外と不安も緊張《きんちょう》も感じなかった。

この一ヶ月間、毎日深い闇《やみ》の中に吸い込もうとしてぐるぐる渦《うず》巻いていたブラックホールは完全に消滅《しょうめつ》していた。

「ちょっと休憩してきますね」

「あいよー」

涼さんは俺の顔を見ずにそう答え、俺が事務所へ戻ろうとすると、

「おーい、ナオー」

と、俺を呼び止め、握《にぎ》り拳《こぶし》を突き出しニッと笑った。

「ナオ、今日のお前、イケメンだからダイジョーブ」

なんて、涼さんらしい普段通りのテキトーな発言に俺もニカッと笑い、

「あざす!」

と、そう答えて事務所へ向かっていった。

事務所のパイプ椅子に座ってスマホを見ると、バイト仲間で構成されたＬＩＮＥグループに沢山のメッセージが届いていた。

そしてその全てが俺を心配するものではなく激励《げきれい》の言葉ばかりだった。

ただ店長だけは激励の他に来週の飲み会の連絡をこっそり入れていた。

みんなのメッセージを黙々《もくもく》と読む。そして昼に届いた彼女からのメッセージをも

う一度読み返す。

何度も言うけれどこれはただの客とただの店員の話。

客の子を好きになっちゃったりする恋愛《れんあい》ストーリーでも、クレームから大事件に発展するサスペンスでもない。

少し不思議なタバコの買い方をするおじさんとそのレジ対応をしていた店員の何の変哲《へんてつ》もない普通の話。

たったそれだけの話。

でも、それでも俺にとっては大切な話。

だからこそ俺はこの物語をハッピーエンドで終わらせたいと思う。

そう決意して、右手に持ったスマホをポケットにしまい、左ポケットに忍《しの》ばせていた一番のタバコをぎゅっと握り締《し》め、そっとまぶたを閉じた。

もうすぐ午後十一時になる。

レジの真向かいにある時計を見て、チラッと入り口を見た。

今日で最後……か。

少し寂《さび》しい気もするけれど、俺は今日おじさんに「おめでとう」と伝えたい。

そんな気持ちが強くなってきた時、自動ドアが開く音がした。

そこには紺色のスーツを着たおじさんが立っていた。

ついにやってきた瞬間《しゅんかん》だった。

思えばおじさんのタバコの買い方に気がついて数ヶ月、その日から始まったおじさんと俺の物語。

その物語も今日でいったん終わりを迎《むか》えるのだ。

そしておじさんの見た目は綺麗に整えられていた。

整髪料で整えられた白髪交じりの髪、ピンと皺もよれもない紺色のスーツ、背筋が伸《の》び、すらっとした立ち姿。

髭《ひげ》も剃《そ》ったのか、昨日よりも若々しく見えた。

勿論《もちろん》、痩《や》せこけてしまった頬《ほほ》、大分細くなってしまった首は昔のようにとはいかなかったが、それでも今日のおじさんは一番かっこよく見えた。

そして今日は一緒《いっしょ》に来る女性が隣《となり》にはいなかった。

でも来ていなかったわけではなく、その女性が店内に入らずに店の外で心配そうに店内を見つめていることに俺はすぐ気がついた。

そうか……。

おじさんにとっても「今日」という日が特別な日なんだ。

だから今日は自分の力で全うするつもりなんだ。

おじさんは一人ゆっくりと雑誌コーナーに向かっていく。途中《とちゅう》よろめきそうになったけど、自分の力でなんとか踏《ふ》ん張った。

おじさん、頑張《がんば》れ、頑張れ！

見て見ぬ振りをしながらも、心の中では必死におじさんの後ろ姿に声援を送る。

おじさんは震《ふる》える手で雑誌を取りゆっくりとパラパラと雑誌をめくり、無事に三冊読み終えると、ドリンクコーナーへと向かっていく。

ドリンクコーナーに到着《とうちゃく》すると、まず商品を吟味し扉《とびら》に手をかける。力が入らないのか苦労しながらもなんとか扉を開け、缶コーヒーとビールを床《ゆか》に置いたカゴに入れた。

片手でカゴを持てないのか両手でカゴを持ち上げると、少し引きずるようにして惣菜コーナーへ進んでいった。

そこからは俺の視界から死角になりおじさんの姿は見えなくなる。しかし今日は涼さんがレジの下からジェスチャーで様子を知らせてくれた。

今日はどうやらおにぎりみたいだ。

固唾《かたず》を呑んで、待っているとついにおじさんの姿が現れた。

後は俺の所に来るだけだ。

俺は一度深呼吸をしてその瞬間を待つ……。


その時だった。

「おーい、店員さん」

その声にハッと前を向くと一時間ほど前に対応したカップルがレジの前に立っていた。

そして男のほうが手元に持っていた封《ふう》の開いたタバコを差し出してきた。

「なんか買うやつ間違えたんだよね。交換《こうかん》してくんない？」

差し出されたタバコを見ると封は切られているだけでなく、一、二本既に吸われているものであった。

「あのお客様、こちらですが既に吸われているので、交換はちょっと……」

「は!?　お前何言ってんの？　客が換えろって言ってんだよ」

まさかの逆切れのクレームに俺は思わず面食らってしまう。

このクレームがタチの悪いものだということは経験的に理解した。そしてそういったクレームの場合、大抵《たいてい》、時間を食うことになることも容易に想像がついた。

正直そんなことしてる場合じゃない。そんなことしたらおじさんは一番のタバコを買えずに今日を終えてしまう。

チラッとおじさんを見る。おじさんはこちらの状況に気づいていない様子で、懸《けん》命《めい》に歩を進めている。

「あ？　何よそ見してんだよ!?　なめてんの？」

「いえ、そんなことは……」

最悪だ……なんでよりによってこんな時に……。

「……あの失礼ですが、店長のアベノミヤです。どうかされましたか？」

ハッと見ると涼さんが隣に来てくれた。

「お客様、申し訳ございませんが、こちら開封されていますねー。法律上の内容も含《ふく》め、適切な対応をさせていただきたいので、どうぞ事務所か店の外でお話ししましょう」

と客を諌《いさ》めると「法律」と「事務所」という涼さんの適当に言い放った言葉を嫌《きら》ったカップルはすごすごと店を出ていき、涼さんは「あざしたー」とヘラヘラそう言い放った。

そして涼さんは「休憩してくるわ。頑張れよ」と肩をポンと叩きその場を去り、俺はその後ろ姿に深くお辞儀《じぎ》をした。

そして店内には俺とおじさんだけになった。

一歩ずつ近づいてくる最後の時。色んな感情が湧《わ》き上がってきたが、俺は覚悟《かくご》を決める。

そして……。

遂《つい》におじさんは俺の前に辿《たど》りついた。

おじさんがカゴを持ち上げようとするがなかなか持ち上がらない。けれど俺はこことを手伝うことをせず、ひたすらその時を待つとようやくカゴの底がレジに接地した。

俺は一呼吸置いてから、手際よく商品を手に取ってリーダーで読み取る。

最後かもしれない作業に心なしか手が震える。

いつの日か初めておじさんがやってきた日。

俺がおじさんのタバコの買い方に気がついた日。

カウントダウンを始めた日。

勝手に記念にしたゾロ目の日。

女性に支えられながらも欠かさずに来てくれた一ヶ月間……。

これまでの思い出が一瞬にして脳裏を駆け抜《ぬ》けていくと、これまで堪《こら》えてきたものが溢れ出しそうになったが、ぐっと堪える。

最後の缶コーヒーを読み取り終えると、ついにその時が来た。

「……あと、一番のタバコを一箱お願いします」

物静かな落ち着いた声で、いつもと変わらない優しそうな声で、おじさんはいつものようにタバコを指定した。

その瞬間だった。

どうしても「おめでとうございます」の言葉が口から出てこなかった。

喉元《のどもと》まで出てきているその言葉を伝えることを何かの強力な力が働いて、それを許してくれない。

それは俺の本音の力だった。

前もって用意した建前《たてまえ》の「おめでとう」をその力が全力で拒む。

「……どうかしましたか?」

落ち着いた声が耳に入ってきた。その声についに俺の建前は儚《はかな》く崩《くず》れさる。

俺はギュッと胸が締め付けられ、そして力強く目を閉じる。

そして声を振り絞《しぼ》って、静かに口を開いた。

「……ごめんなさい。実は一番のタバコは売り切れてて……」

咄嗟《とっさ》に出てきた言葉は精一杯の嘘《うそ》だった。

一番のタバコは売り切れてなんかいない。現に棚には沢山ストックがある。

「……」

それでもかまわずに震える声でおじさんに嘘《うそ》の説明を続ける。

「申し訳ないんですが……明日なら……明日ならあるんで、明日……また来てもらえませんか……?」

それは俺の本心でもあった。

おじさんに明日もこの店に来てもらいたかった。

この一番のタバコを買ってもらうまで、毎日来て欲しいと心底思った。

ただ俺はおじさんの顔を見ることができず、俯《うつむ》く。両手をぐっと握り締め、涙《なみだ》が勝手に溢れ出てきて、懸命に抑《おさ》えていた気持ちでさえ真一文字に閉じた口の隙間《すきま》から溢れ出して止まらなかった。


「……ありがとう」

少しの間を置いてから、優しい声が聞こえてきた。

思わず俺はおじさんの顔を見た。おじさんは優しい笑顔を俺に向けていた。

「君が私のことを心配してくれていたこと、気づいていたよ。心配をかけてすまなかったね。でもね私は毎日、この時間が本当に楽しくて仕方なかった。素敵な時間をどうも、ありがとう」

そう言ってくれたおじさんは再び俺に笑いかけると、ゆっくりと手を僕《ぼく》に差し出した。

俺はその手を握り、声にならない言葉で溢れ出して止まらなかった気持ちをただただ伝えた。


もうすぐ午前十時。

よく晴れた日曜日に、俺は春の陽気が漂《ただよ》う並木道を歩いていた。

「ふふ、ナオなんか嬉《うれ》しそう」

彼女のスミレは嬉《うれ》しそうに腕にくっつく。

「え？　そう？」

「うん。目腫《は》れすぎてブサイクだけど」

「う、うるせーやい」

太陽が木の隙間を縫《ぬ》って木漏《こも》れ日となり、その光は右手に持つ花束にキラキラと反射する。

「あっ、もう面会時間じゃん！　急がないと！」

スミレが俺の左手をぐいと引っ張った瞬間、ポケットからタバコがこぼれ落ちる。

通称《つうしょう》一番のタバコ。

そしていつかおじさんが天国に行く時に渡す約束をしたタバコ。

それはもうちょっと先の話になるといいな。

「バカッ！　引っ張るなって！」

そう言いつつも、スミレの足並みに揃《そろ》えて、目の前に見えるおじさんのいる病院に向かって駆け足で走り出した。


これはただのおじさんと俺の物語。

そしておじさんと俺のもう少し続く大切な物語。

コンビニ物語
〜カウントダウンシガレット〜

［ 5分後に涙のラスト ］

Hand picked 5 minute short,
Literary gems to move and inspire you

おなじ話

早川素子

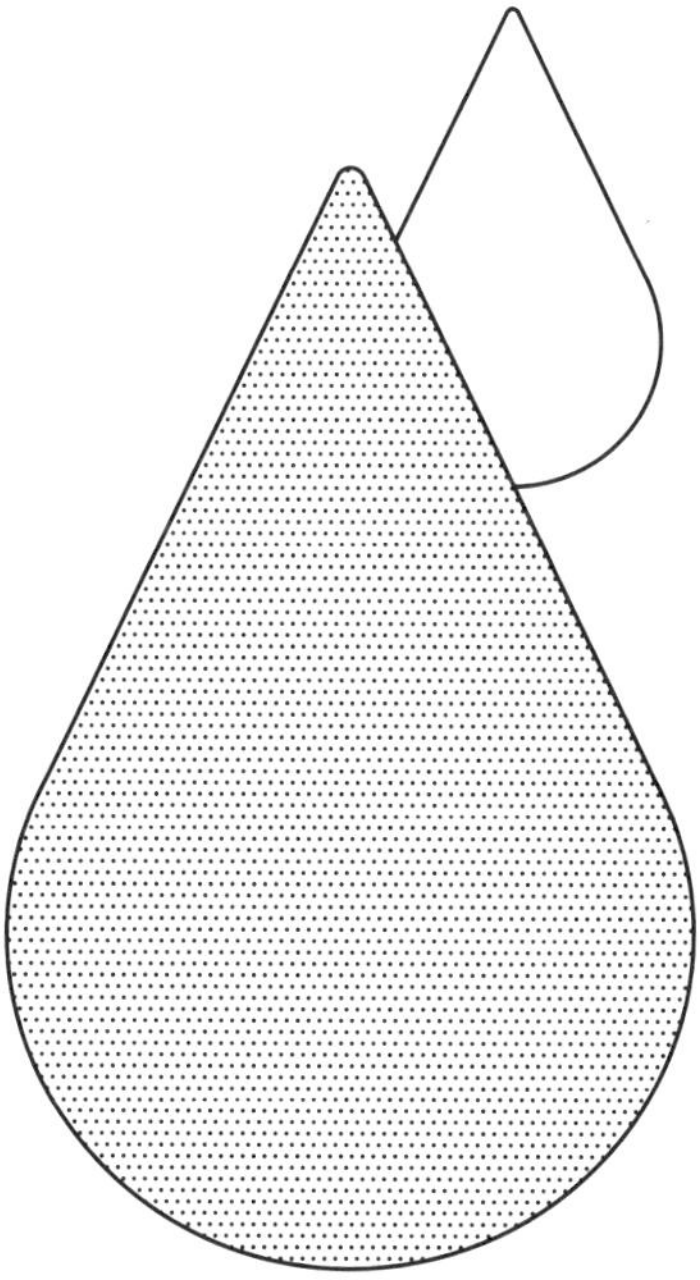

隣《となり》の家に住む、しわの深いおばあさん。小綺麗《こぎれい》で清潔で、いつも少し遠い目をしながら私に話をしてくれるその人は、初めて会った時からずっと、同じ話しかしなかった。

「夫と出逢《であ》ったのはね、大学受験の時だったの」

いつも話すのは旦那《だんな》さんのこと。

背が低くて声に少し色香《いろか》を含《ふく》んだ、とにかく優しい人。それが、私が聞く限りの旦那さん像。私は会ったことがない。もう何年も前に亡くなっているらしかった。

私がここに越《こ》してきたのは、ほんの一ヶ月ほど前。

「一瞬でお互《たが》い恋《こい》に落ちたのよ。大学進学と同時に付き合い始めたわ」

おばあさんの話は、いつもふたりの出会いから始まる。

その内容はあまりの衝撃《しょうげき》で、最初は耳を塞《ふさ》ぎたくなるばかりだった。

「この人しかいないって、そういう感覚にね、なったことがなかったから。ただただ周りも見えなくてね。走るだけ走ってしまったの。そうしたら、三年目に理由も話さずに〝別れよう〟って言うのよ」

そう話す彼女《かのじょ》は決して哀《かな》しそうではなく、むしろ幸せなことを話すように目を細めている。

「私はもう、突然《とつぜん》のことすぎて固まってしまって。気付いたら、彼のいない生活が始まっていたわ」

もう空でぜんぶ私が話せてしまうくらい何度も聞いている彼女の思い出は、彼女が唯一《ゆいいつ》、生きている証《あかし》に思えた。もう九十歳《さい》も間近で、生活のほとんどをベッドの上か庭に面した椅子《いす》で過ごす彼女は、いつお迎《むか》えが来てもおかしくない状態だった。彼女の介護《かいご》を申し出たのは、なにかを感じていたからかもしれない。同じ空気みたいなものを。数ヶ月前に、私も大好きだった彼と別れてしまったから。

彼と私も、出会ってすぐに恋をした。お互いにしか分からない空気感が妙《みょう》に居心地がよくて、私には彼との未来しか頭になかったけれど、彼には決定的に私とは違《ちが》うところがあった。それが日々積み重なって、切り出したのはどっちだったか。お互いそれが最良の選択《せんたく》だとでもいうように、ちゃんと向き合って離《はな》れる決断をした。

「彼がいない生活はね、それはそれは恐《おそ》ろしいものだったわ。大学に行けば、どんなに辛《つら》くても彼を見掛《みか》けてしまうかもしれない。彼の笑顔なんて見たら、私はもう生きていけないって思ったのよ」

おばあさんは、私の様子など気にも留めず話を続けていた。

「だって、私がいなくても幸せにやっていけてしまうなんて、受け止められないでしょう」

その言葉が、否応《いやおう》なしに心に響《ひび》く。何度聞いても、ここで私は一瞬思考を奪《うば》われる。

〝私がいなくても幸せにやっていける〟

そんなの、考えるだけで心がちぎれてしまいそうだった。だって私はいつだって、ただの一度も、彼と離れたくなんかなかったから。

「けれどね、それでもやっぱり生きていかなくてはならなかったから、なんとなくお話をいただいて、児童養護施設《しせつ》にボランティアに行くことにしたの。少しでも気の紛《まぎ》れることがしたかったし、誰《だれ》かのためにしか動けなかったのね。自分のためにしたかったことは、みんな、彼と一緒《いっしょ》になくなってしまったから」

今、私がここでこうしているのも、もしかしたら同じなのかもしれない。ふいに思う。

彼との別れの原因は、〝結婚概念《けっこんがいねん》〟だった。彼は、結婚という考え自体がない人だった。何度もお互い話をして、説得に近いことも試みてきた。その場では、納得したように話は終わるのに、ふとした時に気付くのだ。彼が結婚など、少しも考えていないことに。

もとより、分かっていたことだ。彼が私のことをどうでもいいと思っているわけではなく、彼は、自分に自信がないのだ。仕事にだけは自信を持っていたが、収入が安定とは程遠いこと。そして、今まで自分ひとりで生きていこうとしていたのに、自分が誰かを支えてこれから生きていけるのかと不安に思っていること。

けれどそれは、私がどうにかできるものではない。私は私なりに、彼を支えられるだけの力を付けなければならなかった。彼と同様に。

「そこでね、ある男の人に出会うのよ。唯人《ゆいと》くん。私より二つ歳《とし》が上の人。彼は、ある画家の話をしてくれたの。その画家は、描《えが》くことばかりに夢中になって、奥《おく》さんも友人も失った。そんな話をしてくれた時に、彼、言ってたのよね。〝もしかしたら、奥さんたちは気付いて欲しくて離れたのかもしれないね〟って。そこで、気付いたのよね。私が、どれだけ盲目《もうもく》に恋をしていたのか」

恋は盲目という言葉は、美しい表現として遣《つか》われるものだと思っていた。

盲目。

私は、そこで彼のことを思い浮《う》かべる。彼との結婚についてのこと。私も何かに盲目になっていたのだろうか。

「そうしたら、彼に伝えなきゃいけない言葉が見つかったのよ。もう一度、想《おも》いをぶつけるだけじゃなくて、ちゃんと伝えなきゃいけない言葉が」

おばあさんは少しそこで、息を吐《は》いた。いつも、旦那さんの話をするときだけ彼女は饒舌《じょうぜつ》になり、そして話し過ぎて疲《つか》れが出てしまう。それは充分《じゅうぶん》に分かっていたのに、私には彼女の話を止められなかった。このときだけは生気のある顔をする彼女を、どうして止めることができただろう。

「その言葉がやっと浮かぶのに、別れてから半年以上も掛かったのよ」

そこまで言って、荒《あら》くなった呼吸に言葉を詰《つ》まらせた。

今日はもうやめましょう、喉《のど》から出そうになって一瞬言葉に詰まる。こんなに幸せそうに話しているのに。

肺癌《はいがん》を患《わずら》っても煙草《たばこ》をやめて長生きするくらいなら吸ったまま逝《い》きたい、と言う人に似ているのかもしれない。この話を続けて死ねるなら本望だと、暗に彼女は言っているような錯覚《さっかく》に襲《おそ》われていた。

しかし本当に苦しいようで、今日、彼女は話の続きを口にすることはできなかった。

彼女の元に来ることは、業務上だけではなくなっていた。身寄りももうなく、ひとり暮らしの彼女は介護施設への入居をずっと勧《すす》められていた。けれど、彼女はそれを拒《こば》んだ。理由など聞くまでもない。手に取るように分かる彼女の思いを、無下にはできなかった。

訪問介護の職に就いて、彼女の担当を最初に受け持ったとき、私はちがう場所に住んでいた。けれど、いつの間にか彼女に感化されて、ほかに趣味《しゅみ》もなかった私は、勝手に彼女の隣の家に越してきたのだった。私の空いた時間を彼女のそばにいることに使うのは、彼女さえ了承《りょうしょう》してくれれば問題はないのだ。ご近所さんが遊びに来ているだけなのだから。

毎日、繰《く》り返し、繰り返されるふたりの物語は、いつしか私が自分と向き合うためのものになっていた。

離れてしまった彼を想って、今、自分に何ができるのか。

「彼と戻《もど》るために、私はひとりでまず生きられるようにならないと、って思ったのよね。孤立《こりつ》するんではなくて、周りとちゃんと共存しながら。彼だけが世界のすべてではないことを受け入れる作業だったの」

また別の日、彼女はいつもと同じように出会いから話し出した。今日はこの間よりも体調がいいらしい。

「大学を卒業して、カメラマンのアシスタントをさせていただけるようになったの。こう見えても、私、自分で個展を出したこともあるのよ」

少し自慢《じまん》げに彼女はそう言った。芸術方面に意識が向いたきっかけも、やはり旦那さんのようだった。たぶん彼女は生きる上で必要な力のほとんどを、彼から影響《えいきょう》を受けて見つけてきたのだろう。彼が基盤《きばん》をつくって、そこに寄り添《そ》うかたちで歩く術《すべ》を身につけた人。

今の私から見たら、眩《まぶ》しくて羨《うらや》ましくて、妬《ねた》ましかった。

「夫とよりを戻したのは、それからさらに一年以上後のことだったかしら。アシスタントとして各地を転々と回りながら、そのどこでも彼を捜《さが》し続けたのよ。もう連《れん》絡《らく》先も変わってしまっていて、こちらからはどうにもできなかったけれど、お互いに想いが通じ合っているのなら、どこかで出逢えるような気がしていたわ。それは、海のどこかで落としてしまった小石を捜すようなものだったけれど」

それはほとんど見つからないものを捜すことだった。それが自然だとでもいうように彼女は話すのだが、私には同じことができるだろうか。そんな問いが、頭をかすめる。

「会ったときは、とにかく何も言葉にならなくてね。夫をひどく困らせてしまったりして。それでも彼といる未来しか考えてこなかったから、その時、伝えられることはすべて言えたんじゃないかしら。彼のことは表情から言葉のひとつひとつまで、ぜんぶ思い出せるのに、自分のことはあまり覚えていないの。どうやって話したのか、どんな顔をしていたのか。思いばかりが強く残っているだけで」

少し、また遠い目をしながら彼女はひとつ、深呼吸をする。きっと彼女は今、その頃《ころ》と同じ空気を吸っているんだろう。思い出の中の空気を、まるで心の底から味わうように。

「それからの日々は、早いものだったわ。離れていた期間なんて、そのあとの時間に比べればほんの少しに過ぎなかったけれど。その期間に、お互いが成長するスピードが早過ぎたのかしらね。何十年もかかった気がするわ」

思い起こせば、彼女の話の多くは、旦那さんと離れていた間の出来事だった。どれだけの思いで、どれだけの支えがあって、立ち直って歩き出せたか。彼女の三分の一も生きていない私の頭では、きっと計り知れないのだろう。


私が離れてしまった彼のことを想うとき、彼女の話が同じように頭に浮かぶ。彼ともし戻ることができるのなら、私はどう成長しなければならないのだろうか。

彼との記憶《きおく》を振《ふ》り返るとき、私はいつもどこかで立ち止まっていた。

このままじゃいけない。

今の私では、同じことが繰り返される。

そう思うたび、地団太《じだんだ》を踏《ふ》んだ。だって、答えなんて誰も知らないから。私だけでなく、彼も自分を省《かえり》みない限り、どうあがいても彼の元へは帰れないことは分かっていた。

それでも、月日が流れるごとに冷静になっていく自分がいた。そうなればなるほど、強く思うことがあった。

〝私たちが、離れていられるわけがない〟

それはたぶん、言葉で表現できるものではない気がした。彼の纏《まと》う空気がそうであったように、私の纏うものもある種の〝独特さ〟を孕《はら》んでいた。

きっと。もう、誰かほかの人とは共存できないように組み替《か》えられた、別の生き物同士。それが一番いい例えかもしれない。ほかの誰かと、支え合えることもあるだろうけど、隣で生きていくことはできないような。

おばあさんは、飽《あ》きもせずに繰り返す。

日を変えて、時間を重ねて、何度も何度も。

彼と出会い、築き上げて、離れて、落ちて。

きっかけに出会って、立ち上がって、見つけて、戻って。

飽きることなんてないのだろう。繰り返していることにも気付いていない。旦那さんが亡くなったことを受け入れてしまえば、あとは死ぬのを待つのみなのだ。彼女は、彼との思い出の中で生きてしまっている。それを救える人は、たぶんもういない。

私はきっとそんな彼女を、身寄りもなく思い出だけを語る彼女を、見守り、見送るためにいるのだろう。それは義務感にも似たものだった。

「真面目で、誠実な人だったのよ。不器用で、口数も少なくて」

話し疲れたのか口をつぐんでいた彼女が、前触《まえぶ》れなく零《こぼ》す。聞いたことのない、旦那さんの性格だった。

「ただ、私のことばかりを考えてくれていたの。絵を、描くのが好きな人でね。再会してからは、ずっと、私の絵ばかり描いていたわ。なにが嬉《うれ》しいのか、周りの人と過ごす私の顔を、嬉しそうに描くのよ」

少し、声色に湿《しめ》っぽさが交じった。幸福さと、切なさ。

「私は、彼を幸せにしてあげられたのかしら」

唐突《とうとつ》に、彼女は泣き出した。もう何度も同じ話を聞いてきて、短いなりに濃密《のうみつ》に接してきたけれど、彼女の涙《なみだ》を見たのは初めてだった。

長い間、彼女は泣き続けた。気付けば、嗚咽《おえつ》はおさまっていき、寝息《ねいき》に変わっていた。


今日は、不思議な日だ。

いつも、ここに来ると時間が止まっているような気がしていた。それが、急に動き出したみたいに、何かが変わろうとしていた。

落ち着くまではと、彼女の手をずっと握《にぎ》っていた。眠《ねむ》っているのに、少し気掛かりで。穏《おだ》やかな寝顔に少しだけ安堵《あんど》の息をもらした。


「あら、眠ってしまったのね」

そう時間も経《た》っていないうちに、彼女は目を覚ました。声がどこか掠《かす》れていた。

「おはようございます」

一応、声を掛けてみる。すると、おばあさんはこちらを向いて、ひどく優しい笑顔を見せた。

「いつも、ありがとう。あなたが居てくれると、なぜだか寂《さび》しくないのよ」

一瞬《いっしゅん》、ときが止まったかと思った。気付くと、私の目からはひとすじの涙が流れていた。それから、堰《せき》を切ったかのように止めどなく溢《あふ》れては、こぼれた。

ほとんど毎日のように彼女の家を訪れるたび、同じ話を聞くたび、記憶がリセットされているように思っていた。もう、新しいことは彼女の記憶にほとんど残らないようで、だからこそ、彼女は思い出の中で生きていた。そう、思っていた。

そこに、私がいたようだった。

繰り返される、おなじ話。そこに、登場することのなかった私。

ときは、止まることもあるのだろうけれど、止まり続けることはないのかもしれない。今日、少しだけ前向きになれたこと。

彼女の話に彼との関係を重ねて、私もいつしか進み出すのだろう。ここに越してきて、彼女のお世話を始めたように。彼女の中に、自分を見つけたように。彼と離れたことで、なくしたような気がしていたものたちを、ゆっくりゆっくり拾い集めて、新しく作り直す日々を。

歳をとったら、私も誰かに話したいと思う。

繰り返し、繰り返し。

［ 5分後に涙のラスト ］

Hand picked 5 minute short,
Literary gems to move and inspire you

位置について、よーい

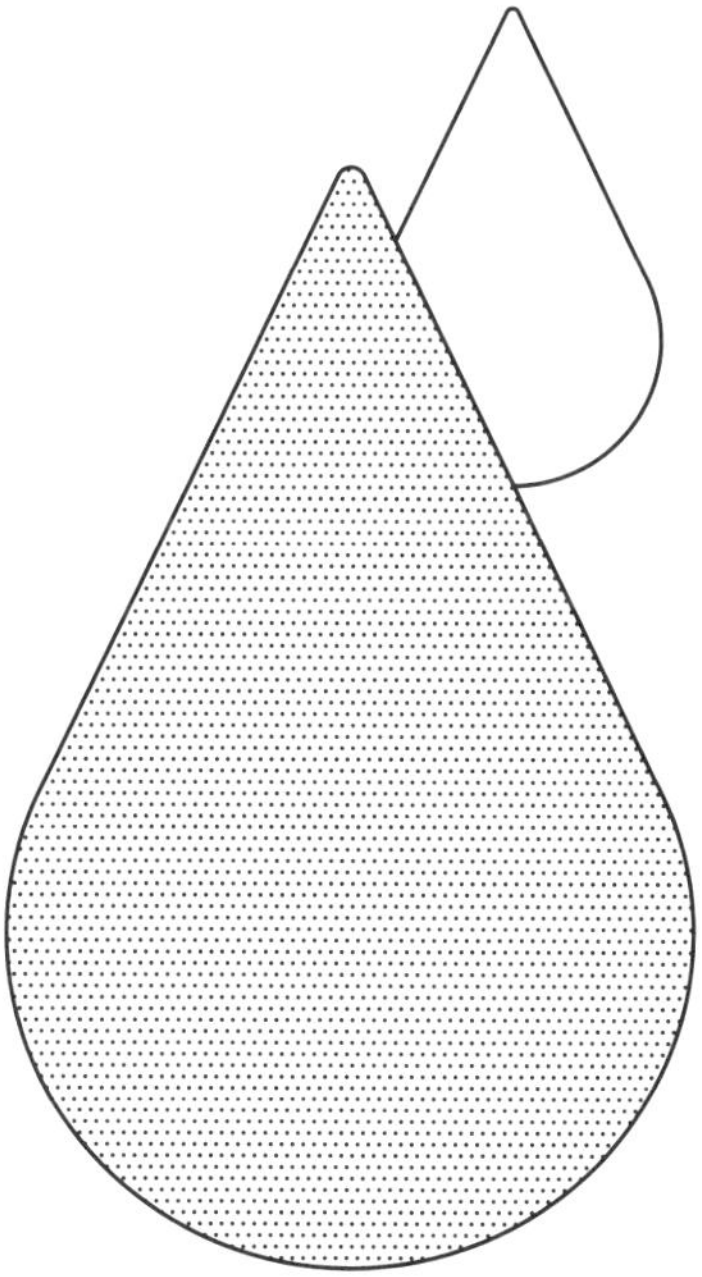

宮原杏子

カンカンカンカン

夕暮れ、商談の帰り道。「最終決定まで、もう少し時間をくれないか」。あまり期待は持てない話しぶりだった。この一件が取れたら予算達成。言い換《か》えれば、この一件が取れなかったら、今月は予算未達成。三カ月連続での未達となる。

カンカンカンカン

踏切のバーがゆっくりと降りてきて、俺《おれ》の行く手を阻《はば》む。会社に戻《もど》るにはこの踏切を渡《わた》って向かいのホームの電車に乗らねばならない。

カンカンカンカン

電車が近づいていることを示す音。危険を示す音。

カンカンカンカン

普段《ふだん》地下鉄に乗ることが多く、踏切のある風景は久しぶりだった。

夕暮れ、踏切、近づく電車。

カンカンカンカン

電車が見えてきた。踏切の規則正しいリズムに、徐々《じょじょ》に電車の轟音《ごうおん》が交じる。近づくにつれ、その音は大きくなる。当たり前のことなのに、その律儀《りちぎ》さに笑ってしまいそうになる。急行の電車はスピードを緩《ゆる》めることなく、猛《もう》スピードで駆《か》けていく。風を生じさせながら、目の前を流れていく電車。その勢いに一瞬《いっしゅん》、足がすくむが、それを意識するかしないか、あっという間に通り過ぎていく。

急に開けた視界に入ってくるのは、買い物帰りの主婦、自転車に乗った女子高生、腰《こし》の曲がった老人。それらの背景には、商店街の雑多な看板が並ぶ。その風景は電車に視界を遮《さえぎ》られる前と変わらないように見えたが、鮮《あざ》やかな黄色が、新しく視線を捉《とら》えた。それは少年の帽子《ぼうし》だった。紺《こん》の短パンに白のポロシャツ、黒のランドセル。男子小学生を描《えが》け、と言われたら、おそらくこの少年を描くだろう、というほど典型的な、どこにでもいる小学生の姿だった。

カンカン……

踏切の音は止《や》み、目の前のバーは上がったがなぜだか足が動かない。そして、視線は少年から離《はな》れない。俺は何かを懸命《けんめい》に思い出そうとしていた。

夕暮れ、踏切、近づく電車。そして、少年。

立ち止まったまま動かない俺を見て、主婦がすれ違《ちが》いざまに訝《いぶか》しむ目を向ける。少年は俺の視線に気づくことなく、まっすぐ前を見て歩いていく。

少年の頃《ころ》、夕暮れどきになると近所の駅で電車を待ち構え、線路に平行なアスファルトの道を死ぬ気で走った。勝てるわけもないのに、一人、電車に勝負していた。電車が特段好きなわけでもなく、かといって走ることが好きなわけでもなかった。なぜそんなことをしていたのかと今問われると理由が見つからないが、おそらく当時同じ質問をされても答えられたかどうか自信がない。

駅に着くと、ランドセルを道端《みちばた》に置き、その上に丁寧《ていねい》に帽子を重ねることを走る前の儀式としていた。黄色い帽子。踏切の音が聞こえると位置についた。音が回数を重ねるごとに、増していく集中力。スタートの体勢はいつも、クラウチングスタートだった。

カンカンカンカン
再び踏切が鳴る。上から下へ降りてくるバーの動きを、目でしっかりと追った。次の電車が、今度は速度を落として近づいてくる。各駅停車だ。反射的に、俺は鞄《かばん》を置き、その上にジャケットを丁寧に重ねた。ドアが開く。ネクタイを緩めたが外すにはもう時間がない。アスファルトに左ひざをつけ、両手の指先で前かがみの体を支える。そして、腰を上げる。不動産屋の前でタバコを吸っていた親父《おやじ》がこちらを見る。視線には気づいたが、それを気にもとめず、俺は顔を正面に向けた。焦点《しょうてん》をまっすぐ据《す》える。遮るものはなかった。
ドアの閉まる音を合図に、俺は走り出した。文字通り、なりふり構わずに。すぐに追いつかれ、先頭車両が視界に入る。ちらりと目を向けると、電車の乗客と目が合ったような気がする。電車は加速する。俺はもうこれ以上速く走れない。二号車、三号車、四号車、次第に何号車かわからなくなり、電車は一つの流れとなって、幾《いく》筋《すじ》もの横線を描いていく。最後尾《さいこうび》がすっと、いとも簡単に真横を通過し、俺を潔くあざ笑う。みるみる電車は小さくなっていく。見えなくなると、俺は次第に速度を落とした。やがて立ち止まり、両手を膝《ひざ》において息を喘《あえ》ぎ足元に目をやると、濃《こ》い茶色の革靴《かわぐつ》の上に汗《あせ》が一粒《ひとつぶ》ぽたりと落ちた。さらに濃さを増したその染みを、俺はいつまでも見つめていた。

鞄を取りに元の踏切《ふみきり》に戻《もど》ると、不動産屋の親父が新しいタバコに火をつけ、ニヤニヤと笑っている。急に恥《は》ずかしくなり、早く立ち去りたくて鞄を拾うため身を屈《かが》めると声をかけられた。

「おい」

仕方なく顔を向けると、親父は顔をニヤつかせたまま、親指を立てて、こちらに向けている。俺はさらに恥ずかしくなり、ぺこりと頭を下げて、そそくさと踏切を渡った。ホームに着くと、またせっかちに踏切が鳴り始める。電車の先頭車両が見えてきた。この時間帯ならおそらく座席は空いているだろう。

予想通り乗客はまばらで、遠慮《えんりょ》なくどっしりと座席に腰を下ろした。

本気で走ったことなんて、いつぶりだろうか。全身の筋肉は、久しぶりにフル稼《か》動《どう》させられたことで、悲鳴をあげるというよりは、ただただ驚《おどろ》いているようだった。お前にまだこんな力があったのか、と。

ふと仕事のことが頭をよぎったが、会社に戻るのも、もはやそういやではなかった。商談の結果がもしだめでも、今月はまだ終わったわけじゃない。根拠《こんきょ》はないが、連敗記録はストップできる、そんな気がしていた。

［ 5分後に涙のラスト ］

Hand picked 5 minute short,
Literary gems to move and inspire you

喫茶《きっさ》店《てん》の紳士《しんし》

あめ

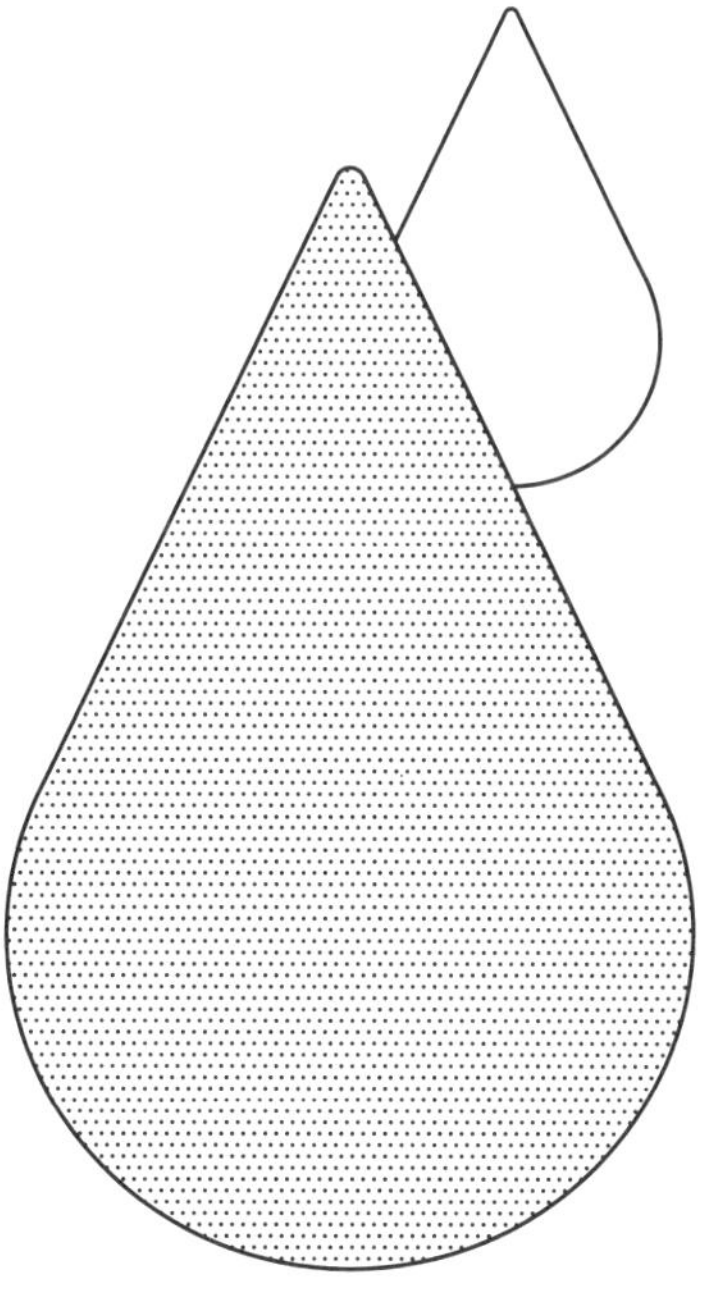

「こんにちは。今日は風が強いですね」

店内に現れた中島《なかじま》さんは、春物のコートを脱《ぬ》ぎながら、いつもの優しい笑顔で、挨《あい》拶《さつ》をしてくれる。

「そうですね。春一番、ですね」

「そういえば、九州では、桜が開花したそうですよ」

「早いですね。こちらは、いつ頃《ごろ》咲《さ》きますかね？」

「どうでしょうね。例年より早い気がします。来月の頭には、咲くんじゃないでしょうか」

中島さんは微笑《ほほえ》みながら、いつもの窓側の席へ腰《こし》を下ろした。

そして、カバンから二冊の本を取り出す。

ビジネス書と小説。

彼《かれ》はいつも、二冊を交互《こうご》に読む。

そのほうが、早いペースで読み進められるらしい。

私は、サイフォンのアルコールランプに火をつけた。
フラスコのお湯が沸騰《ふっとう》したら、ロートに挽《ひ》きたてのコーヒー豆を入れる。
中島さんは、いつも、コロンビア。
フラスコにロートをセットして、上昇《じょうしょう》したお湯を、へらでかき混ぜる。
火を止めて、フラスコに落ちたコーヒーを、カップに注ぐ。
「お待たせいたしました」
「ありがとうございます」
彼は、いつも丁寧《ていねい》だ。
言葉づかいから、挨拶から、身のこなしまで。
歳《とし》は、四十代だろうか。
皺《しわ》のないスーツとワイシャツ。
落ち着いた色合いのネクタイ。
いつも磨《みが》かれている靴《くつ》。
清潔感があって、上品で、洗練されている。

これが本当の紳士。

それに比べて、私の彼氏ときたら。

三つ年下の彼氏、カズとは、同棲《どうせい》して一年経《た》つ。

整理整頓《せいとん》が苦手で、私が留守にすると、いつも部屋はぐちゃぐちゃになる。

脱いだものは脱ぎっぱなし。

食べたものは食べっぱなし。

ゴミはゴミ箱に捨てていない。

それで、何度ケンカになっただろう。

中島さんは、絶対にそんなことしないんだろうな。

「ごちそうさまでした」

中島さんは、席を立つ。

「いつもありがとうございます。お気をつけて」

見送ろうとした時、彼は、ふと足を止め、

「ビル・エヴァンス」

一言漏《も》らした。

「はい?」

「今日のBGMはジャズなんですね」

確かに、店内に流れているのは、ジャズ。

いつもはクラッシックのチャンネルにしていたのだが、店長の気まぐれで、今日はジャズのチャンネルに変えていたのだ。

「ジャズ、お好きなんですか?」

「ええ。よく聴《き》いています」

「そうなんですか。私も聴いてみたいと思っているんですが、さっぱり、わからなくて。おすすめありますか?」

「ロバート・グラスパーなんて、どうでしょうか?」

「ロバート・グラスパー??」

「はい。先進的で美しいですよ。では、また」

彼は、笑顔で会釈《えしゃく》をして、店を出ていった。

その背中をうっとりと眺《なが》めていると、

「おーい」

店長のミユキが私の背中をつっついた。

彼女は、高校の時の同級生で、数年前、両親から、この喫茶店を受け継《つ》いだ。

半年前、仕事を止《や》めて、ぶらぶらしていた私を雇《やと》ってくれたのだった。

アンティーク調の椅子《いす》やテーブル。

サイフォンで沸かすコーヒーの香《かお》り。

窓から差し込《こ》む、穏《おだ》やかな光。

懐古的《かいこてき》な雰囲気《ふんいき》が評判のお店で、何度か、タウン誌に掲載《けいさい》されたことがある。

「なに？」

「また、見とれちゃって」

あきれたように、ミユキは息を吐《は》く。

「だって、素敵すぎる」

「あんた、来月結婚《けっこん》するくせに」

そうだった。

私は、来月、カズと結婚する。

仕事が終わった後、早速、ＣＤショップで、「ロバート・グラスパー」のアルバムを購入《こうにゅう》。

聴くのを楽しみにしながら、カズの待つ、アパートへと帰る。

「ただいまー」

家に帰ると、先に帰っていたカズが夕食の準備をしていた。

「おかえり！　今日は、パスタだよ！」

キッチンから顔を覗《のぞ》かせるカズ。

「パスタかぁー。何パスタ？」

「サバ！」

「サバ⁉」

フライパンには、サバと玉ねぎが炒《いた》められたものがあった。

恐《おそ》る恐る味見をする。

おそらくサバの下処理をしていないのだろう。

玉ねぎが、サバの生臭《なまぐさ》さを吸収していて、とんでもない味になっていた。

「……まずい」

「えー!? せっかく作ったのに！」

「気持ちは嬉《うれ》しいけど、無理。私が作るから、テレビでも見てて」

カズはしゅんとして、リビングへ行ってしまった。

彼は、いい子なのだけれど、少し抜《ぬ》けているところがある。

だから、ほっとけなくて、ついつい世話を焼いてしまう。

まるで、お母さんのように。

「はい、できましたよー」

有り合わせのもので作った野菜スープと、キノコとシーチキンのパスタ。

「うまそー」

カズは、気持ちいいくらい、ぺろりと平らげてしまった。

そして、お腹《なか》いっぱいになって、眠《ねむ》くなったのか、そのままソファで眠ってしまう。

仕方ないなと、毛布をかけてやった。

そんな彼の寝顔《ねがお》を見ながら、ヘッドホンで、「ロバート・グラスパー」のアルバムを聴く。

哀愁《あいしゅう》があって、どこか甘美《かんび》で。

こんな音楽を聴いている中島さんは、やっぱり、大人だ。

子供のようなカズの寝顔。

かわいいな、と思うこの気持ちは、母性というものじゃないんだろうか。

「こんにちは」

午後三時過ぎ、中島さんが店内に現れた。

「こんにちは。いらっしゃいませ」

彼は優しい笑顔で会釈をして、いつもの窓側の席へ座る。

今日も、本を二冊。

「お待たせいたしました」

席へコーヒーを置く。

「ありがとうございます」

また、丁寧に挨拶をしてくれる。

「あの、早速、聴いてみました。ロバート・グラスパー」

「そうですか。お気に召《め》しましたか?」

「はい。大人になったような気持ちです」

すると中島さんは、

「大人ですか」

と、面白そうに笑ってくれる。

なんだか、バカ丸出しの感想を言ってしまったなと後悔《こうかい》。

もっと、大人な会話をしないと。

「そういえば、最近、太宰治の『女生徒』という作品を読んだんです」

中島さんの好きな作家は、太宰治。とミユキに聞いていたから、密《ひそ》かに読んでいたのだ。

「中期の名作ですね。好きな作品のひとつです」

「思春期特有の女の子の気持ちが、よくわかるなぁって、感心しました」

「あれは、元々女学生の日記を元にして、書かれたものなんですよ」

「ああ、そうなんですか。どうりで」

「それを元にして書いたとはいえ、主人公の心の動きは、太宰そのものですから、彼は、女性的な精神を持ち合わせていたのかもしれませんね」

中島さんと、ジャズと太宰について語り合っている。

コーヒーの香ばしい香りと、彼のゆっくりとした、穏やかで優しい声。

こんなに、心地いい空間があるなんて。

ずっと、話していたかったが、中島さんの貴重な時間を邪魔《じやま》するわけにもいかないので、

「他にも、おすすめの音楽や小説があったら、教えてくださいね」

話を切り上げて、席を離《はな》れた。

カズとは、こんな会話、できそうもない。

ないものねだりだって、わかっているけど、このまま結婚して、カズの母親役をやって。

それで、本当にいいのだろうか。


それから、数日。

中島さんが、ばったりとお店に来なくなった。

何かあったのだろうか。

事故とか、病気とか。

気が気じゃなくて、サイフォンのアルコールランプを倒《たお》してしまい、小さな火事を起こしてしまった。

近くにミユキがいて、すぐに火を消してくれたから、大事には至らなかったのだけれど。

「もう、恋《こい》だよね」

ミユキは、火傷《やけど》した私の指先を氷で冷やしながら、あきれて笑った。

「恋……」

「それ以外、なんだって言うの?」

確かにそうかもしれない。

中島さんと話をしたくて、音楽を聴いたり、本を読んだり、会えないだけで仕事が手につかないとか。

「……でも、私、カズがいるし」

「知ってるよ。でも、落ちちゃったんだよ。恋」

そんな話をしていた矢先だった。

店のドアが開いて、

「こんにちは」

あの中島さんの優しい声がした。

あまりにも唐突《とうとつ》すぎて、一瞬《いっしゅん》にして、顔が熱くなってしまう。

「い、いらっしゃい、ませ」

まるで、ロボットのような挨拶。

「いらっしゃいませ。お久しぶりですね」

私は使い物にならないと察したミユキが、代わりに挨拶をする。

「ええ。実は引っ越《こ》しの準備をしてたんです」

「引っ越し?」

「明日《あした》、遠くの街へ引っ越すことになりました。ここに来るのも、これが最後になります」

熱かった私の顔から、一気に血の気が引いていった。

「ここのコーヒーもこれが最後になりますね」

中島さんは、そう言いながら、いつもの席へ着く。

だけど、今日は二冊の本は取り出さない。

感慨《かんがい》深い面持ちで、外をぼんやり眺めていた。

窓から射《さ》し込む穏やかな光に、中島さんが連れ去られてしまう気がした。

「最後のコーヒー。お願いね」

ミユキは、私の肩《かた》をぽんと叩《たた》く。

無言で頷《うなず》いて、アルコールランプに火をつけた。

フラスコのお湯が沸騰する。

ロートに挽きたてのコーヒー豆を入れてセット。

上昇したお湯をかき混ぜ、火を止める。

出来上がったコーヒーをカップに注ぐ。

これが、中島さんに淹《い》れる、最後のコーヒー。

カップを持つ手が、微《かす》かに震えている。

「持っていける？」

ミユキが心配そうに私に顔を覗き込む。

「……うん」

私は、それを中島さんの席へ。

笑顔で、このコーヒーをお出ししよう。

今まで、ありがとうございましたって。
その気持ちを込めて。
「お待たせいたしました」
そのコーヒーを席に置いた瞬間、私の目から、涙《なみだ》が零《こぼ》れ落ちた。
中島さんは、驚《おどろ》いて私の顔をじっと見ている。
私自身驚いていた。
笑顔でいるつもりだったのに。
泣くつもりなんて、全くなかったのに。
どうしたらいいのかわからなくなり、ミユキに助けを求めようと、後ろを振《ふ》り返ると、
「どうかしたのですか？」
中島さんが席から立ち上がって、私の肩に手を置いた。
心配そうに顔を覗き込んでいる。
あまりにも近い距離《きょり》で、戸惑《とまど》ってしまい、思わず体を離した。

「ご、ごめんなさい。なんか、すみません」

「何か、あったのですか？」

「いえ、あの、本当に、大丈夫《だいじょうぶ》ですから」

私は、逃《に》げるように中島さんの席から離れた。

「何やってんの」

ミユキはあきれてため息をつく。

「ごめん……」

そのあと、中島さんは、少し戸惑った表情をしていたが、やがていつものように、カバンから二冊の本を取り出し、読書を始めた。

最後に読む本は、どんな本なんだろう。

だけど、さっきの失態もあるので、もう、話しかける勇気はなかった。

「それじゃあ、ごちそうさまでした」

中島さんが席を立った。

「ありがとうございました。新しい街でも、お元気にお過ごしくださいね」

ミユキが笑顔で挨拶をする。

「こちらこそ、ありがとうございました。毎日おいしいコーヒーが飲めて、幸せでした。ここで過ごす時間は、特別な時間でした。皆《みな》さんもお元気でお過ごしくださいね」

中島さんの優しい声。

これで、もう、最後なのだ。

「それじゃあ……」

軽く会釈をして、店を出ていく中島さん。

待ってください。

引き止めたいが、声が出ない。

「……雨ですね」

中島さんが、また店内に姿を現した。

ミユキが外を確認する。

「けっこう降ってますね……。傘《かさ》お持ちですか？　よろしかったら、お貸しいたしますが」

「しかし、返しに来ることができないので……」

「だったら、うちのスタッフが駅までお送りしますよ」

ミユキが、私の肩に手を置く。

「え？」

「今日は、これであがっていいから」

私に傘を手渡《てわた》すミユキ。

「……ちょっと……」

「中島さん、すみません。ひとつしかないもので、相合傘になってしまいますが、よろしいですか？」

「……私は、構わないですが……」

ミユキのやつ……。

「私も、全然かまいませんから。行きましょう！」

ちゃんと、今までのお礼と、お別れを言う。

そうじゃないと、一生、後悔しそうな気がした。

背筋を伸《の》ばし、店を出る。

傘を開くと、

「私がお持ちいたします」

中島さんが、その傘を手に取った。

「……すみません。失礼いたします」

その傘に入れてもらう。

こんなに、中島さんに接近したのは、初めてだった。

雨が傘の上で弾《はじ》かれて、優しい声がする。

ピアノの鍵盤《けんばん》を叩いているように。

こんなところにも、ジャズがあった。

しっとりと濡《ぬ》れたアスファルトの上。

中島さんと、雨の足音を響《ひび》かせる。

「実は、私、来月結婚するんです」

雨音にすっかり心が落ち着いてしまった私は、つい、打ち明けてしまった。

「そうですか。おめでとうございます」

中島さんは、にっこりと微笑む。

目尻《めじり》にできる皺、それさえも愛《いと》おしい。

やっぱり、恋しているんだと思う。

「年下の彼なんですけど、本当に子供っぽくて。服は脱ぎ散らかすし、掃除《そうじ》と洗濯《せんたく》はできないし、料理も下手だし、マンガしか読まないし、中島さんとは大違《おおちが》いで」

「そんなことないですよ」

「いいえ。本当に、雲泥《うんでい》の差です。私、あいつのお母さんみたいですもん。だから、このまま結婚してもいいのかって、思うんです」

「なるほど」

中島さんは、おかしそうに笑い、どこか遠くを見る。

何かを思い出しているかのようだった。

「……すみません、こんな話……」

「いいえ。あなたのお話を聞いて、妻を思い出しました」

妻？　中島さんって、結婚していたのか？

「てっきり、独身かと……」

「数年前に、亡くなりました」

彼は、悲しそうに目を伏《ふ》せた。

「……すみません……」

「謝らないでください。懐《なつ》かしくなったんです。妻も私より年上だったものですから」

「……そうだったんですか……」

「私もいつも彼女に甘えてばかりでして、とても子供だったんです」

中島さんが、子供？

「そんなこと、ないんじゃないですか？」

「いいえ。私があまりにも子供だったせいで、妻は自分には、弱みを見せてくれなかったんですよ。だから、妻が重い病気にかかっていることさえ、気づきませんでした」

見上げる中島さんの横顔には、後悔の色が見える。

「彼女は、私に心配をかけさせまいと、内緒《ないしょ》で治療《ちりょう》をしていたんです。私が気づいた時には、もう、末期の状態でした。どうして、もっと、早く言ってくれなかったのか。そうしたら、自分にもできることがあったかもしれないのにって。そんなに、頼《たよ》りなかったのだろうかって」

そんなことない。

「奥《おく》さんは、きっと、中島さんの悲しむ顔を見たくなかったんですよ」

とっさにそう答えていた。

私も、きっと、そうしていただろう。

カズの悲しむ顔を見るのは、とてもつらい。

「……あなたも、妻と、同じタイプなのかもしれませんね」

中島さんは、優しく笑いかけてくれる。

「……そうでしょうか」

「ええ。そう思います。だとしたら、あなたには、ちゃんと彼に甘えてほしいんです。不満があるなら、伝えてほしいんです。私のように、後で、後悔をさせないでほしいんです」

確かに、そうかもしれない。

「わかりました。私、ちゃんと、彼と向き合ってみます」

中島さんは、嬉しそうに微笑む。

「そうですか」

「だけど、中島さんにも、伝えたいことがあります」

「はい？」

「私、中島さんのことが好きです」

カズと向き合うと言っておきながら、中島さんに告白。

なんて、矛盾《むじゅん》しているんだろう。

でも、言わないと後悔すると思った。

「ありがとうございます。私もですよ」

「そういうんじゃなくて、私、中島さんに恋してたんです」

はぐらかされようとするのを阻止《そし》する。

「……恋ですか?」

中島さんは、おかしそうに笑う。

これで最後なんだから、言い逃げしよう。

「いつも中島さんが、お店に来るのを心待ちにしていました。太宰を読んだのも、ジャズを聴いたのも、中島さんとお話をしたいからです」

私の真剣《しんけん》な思いを、中島さんは、穏やかな表情で聞いていた。

ふと、彼は、街路樹の桜の木を見上げる。

枝には、ふっくらとした蕾《つぼみ》。

「桜雨、ですね」

「え?」

「桜の咲く頃に降る雨です。この街で最後の桜を見ることができないのは、残念です」

中島さんは、そう言うと、私の肩に手を置いて、額に唇《くちびる》をつけた。

「え!?」

驚いて見返すと、中島さんはいたずらっ子のように、無邪気《むじゃき》に笑っている。

「驚きました?」

「は、はい……」

子供っぽい中島さんは、また、大人の笑顔に戻《もど》り、どこか切なそうな目をした。

「あなたに降る雨も、祝福の雨でありますように」

隆志《たかし》へ。

今日は少し体調がいいので、手紙を書くことにしました。

こんなに体調がいいのは、もしかしたら、これが最後かもしれません。

なので、これから書くことは、遺言です。

まず、私が死んだら。

葬式《そうしき》用の写真は、もう撮《と》ってあります。

リビングのＤＶＤがいっぱい入ってる棚《たな》があるでしょう?

あの一番奥に封筒《ふうとう》に入れてあります。

まだ、きれいなうちに撮っておいたんだよ。

隆志もきっと惚《ほ》れ直すくらいのいい笑顔の写真だからね。

手続き関係はどうすればいいのか。

写真と一緒に、メモを入れてあります。

その通りにしてください。

隆志、絶対泣くよね。

泣き虫だから。

思いっきり泣くのは、一日だけにしてね。

あとは、しっかり背筋を伸ばして、もろもろの手続きをしてください。

私達《たち》は、親戚《しんせき》づきあいをしていなかったから、協力してくれる人、いないかもしれません。

だから、気をしっかり持つこと。

お願いします。

私がいなくなった後のことを話します。
隆志には、ぜひ、再婚をしてほしいです。
素敵な人と出会って、結婚をして、家庭を築いてください。
あなたみたいな素敵な人が、一生ひとりなんて、もったいないから。
どうやったら、結婚できるのか。
アドバイスをしますね。
まず、素敵な靴を買ってください。
多少高くてもいいから。
そして、毎日磨いてください。
スーツとワイシャツも皺のないものを身に着けて。
ネクタイも品のある、オシャレなものを選んでください。
いきつけの飲食店を見つけてください。
そこの常連さんになること。
店員さんには、いつも笑顔で、丁寧に挨拶をしてください。

お気に入りのお店で、時間を持つようにしてください。
忙《いそが》しくても、その空間で、自分と向き合うこと。
本を読んでください。
いつも読んでいるようなビジネス書じゃなくて、小説とか、詩集とか。
おすすめは、太宰治かな。
太宰のような色気を身に付けてほしいから。
ジャズを聴いてください。
まずは、ビル・エヴァンスから。
ジャズを聴いて、もう少し、落ち着きのある大人になってほしいです。
この通りにしたら、あなたのことを素敵だと思う人が、絶対に現れます。
最後に。
私と夫婦になってくれて、ありがとうございました。
いつも服を脱《ぬ》ぎっぱなしで、ソファや床《ゆか》に置いたままで。
何度注意しても直らなかったね。

文句を言いながら、あなたの脱いだ服を片付けるのも、もうできないのが、とてもさみしいです。

どこか抜けていて、ほっとけなくて。

年上の私は、いつもあなたの世話ばかり焼いていました。

あなたの母親のような自分に、疑問を持つこともありました。

自分がしっかりしなくちゃいけない。

そう思い込んでいました。

でも、あなたは、言いました。

どうして、頼ってくれないのかと。

弱みを見せても、いいんだよと。

今、ようやくあなたに、弱みを見せられるようになりました。

甘えられるようになりました。

あなたと夫婦になって、本当によかったと、心から思っています。

いつも心穏やかで、隣《となり》で笑っていてくれた隆志。

あなたの妻でいられたことを、誇《ほこ》りに思っています。

病気のこと、ずっと隠《かく》していて、ごめんなさい。

隆志の悲しむ顔を見たくなかったのです。

あなたには、ずっと笑っていてほしかったのです。

だから、絶対にあなたより長生きするんだって、そう思っていたのに、できなくて、ごめんなさい。

隆志の優しい笑顔は、とても魅力《みりょく》的です。

だから、私がいなくなっても、その笑顔を忘れずにいてくださいね。

どうか、あなたに、たくさんの祝福が与《あた》えられますように。

本書は、小説投稿サイト「エブリスタ」が主催する短編小説賞「三行から参加できる　超・妄想コンテスト」入賞作品から、さらに選りすぐりのものを集め、大幅な編集を施したものです。

本書の内容に関してお気づきの点があれば編集部までお知らせください。info@kawade.co.jp

5分《ふん》後《ご》に涙《なみだ》のラスト

2017年4月30日　初版発行
2024年1月30日　14刷発行

〔編　者〕　エブリスタ
〔発行者〕　小野寺優
〔発行所〕　株式会社河出書房新社
〒一五一-〇〇五一　東京都渋谷区千駄ヶ谷二-三二-二
☎〇三-三四〇四-一二〇一（営業）　〇三-三四〇四-八六一一（編集）
https://www.kawade.co.jp/

〔デザイン〕　BALCOLONY.
〔組　版〕　一企画
〔印刷・製本〕　中央精版印刷株式会社

ISBN978-4-309-61211-9　Printed in Japan

「5分シリーズ　刊行にあたって」

今の時代、私たちはみんな忙しい。
動画UPして、SNSに投稿して、
友達みんなに返信して、ニュースの更新チェックして。

そんな細切れの時間の中でも、
たまにはガツンと魂を揺さぶられたいんだ。

5分でも大丈夫。
短い時間でも、人生変わっちゃうぐらい心を動かす、
そんなチカラが小説にはある。

「5分シリーズ」は、
5分で心を動かす超短編小説を
テーマごとに集めたシリーズです。
あなたのココロに、5分間のきらめきを。

エブリスタ × 河出書房新社